UN AMOUR INACCEPTABLE

CÉLINE MARTIN

UN AMOUR INACCEPTABLE

avec la collaboration d'Anne-Charlotte De Langhe

Michel LAFON

7-13, boulevard Paul-Émile-Victor – Ile de la Jatte
92521 Neuilly-sur-Seine Cedex

www.michel-lafon.com

À Juliette et Clovis, nos enfants.

– 1 –

Je n'ai dit bonjour à personne. Et personne ne m'a dit bonjour. « Tu n'es pas une Martin, toi », m'avait-on prévenue. Comme si notre divorce prononcé douze mois plus tôt – et pour des raisons que seuls Jacques et moi pouvions comprendre – avait absolument tout gommé. J'ai croisé quelques regards ; me suis tournée, furtivement, vers des visages que je n'avais pas vus depuis longtemps. Des mois, des années. Je ne compte plus le temps qui a passé. Sur le parvis de la cathédrale Saint-Jean-Baptiste de Lyon, juchée jusque sur la célèbre fontaine représentant le baptême du Christ, une foule compacte d'anonymes étire le cou pour mieux voir. Être aux premières loges. Ne rien manquer des têtes connues qui gravissent le perron. Être spectateur, surtout, de ce grand ballet de lunettes noires, au-dessus duquel j'ai la sensation de flotter.

Le diocèse a suivi à la lettre les innombrables consignes qui lui ont été dispensées par d'autres que moi. Journalistes et photographes ont été cantonnés à l'extérieur dans le « carré presse » ; grâce à un système de sonorisation ad hoc, eux non plus ne rateront pas une miette de l'homélie. En attendant, ils nous mitraillent de leurs appareils. Exactement avec la même boulimie que celle dont ils faisaient preuve devant notre domicile, à Neuilly, chaque fois qu'une ambulance venait chercher Jacques en urgence.

Fermement, je tiens Clovis de ma main gauche. Mon fils et ses sept ans, emballés de chagrin, pétris d'une douleur sourde. Il me paraît si petit. Plus tôt, au funérarium, cet enfant a confié dans un hurlement qu'il avait peur. Qu'il ne « voulait pas ». Je ne le veux pas non plus. Et pourtant nous y sommes. C'est aujourd'hui, ce jeudi 20 septembre. Il est 14 h 30.

– Madame, dixième rang à gauche.

Avec diligence, l'employé des pompes funèbres, gants noirs de rigueur et feuille de route sous les yeux, désigne d'un bras leste l'une des rangées latérales, perpendiculaire à l'autel. La place qui m'a été assignée – c'est le mot – n'est pas la même que celle qui a été réservée à mes enfants. Pas la même, non plus, que celle qu'occupe Cécilia, l'ex-épouse, dans le « carré famille » ou Danièle, l'ex-compagne, dans l'allée centrale avec les invités.

Le dixième rang à gauche. Huit rangs derrière le chauffeur et la directrice de la maison de repos où Jacques a séjourné avant de se retirer à Biarritz. Neuf derrière Mesdames les ministres de la Justice et de la Culture. Dix rangs derrière Élise et David, issus d'un premier lit ; dix, toujours, derrière Frédéric et Jean-Baptiste, les fils qu'il a eus avec Danièle ; dix, aussi, derrière Judith et Jeanne-Marie, nées de son union avec Cécilia ; dix rangs, enfin, derrière notre fille Juliette. À vingt mètres de Jacques, au moins.

Tout a été organisé, orchestré, minuté. Le protocole, même ici, même maintenant, vaut pour tout le monde ou presque. Moi, « je ne suis pas une Martin ». Je suis bannie, mise de côté, reniée, tout juste tolérée, à la fois invitée et punie au fond de la classe. Je suis la pestiférée qui a refait sa vie et – pire – refait un enfant. Au bout du compte, cette mise à l'écart, fruit d'une mascarade familiale n'ayant plus de secret pour moi, ne m'étonne guère. Elle était même tellement prévisible qu'elle me blesse à peine. Qui, dans ce clan, voudrait de moi près de lui ? Strictement personne. Tout au plus ne puis-je que regretter d'être le témoin de cette réunification hypocrite, semblable à une ligue inhumaine offerte en spectacle à celui qui est parti.

« Vous verrez, lorsque je mourrai, il y aura mes trois femmes éplorées, mes huit enfants réunis sur un banc de l'église, et tout le monde pleurera », avait coutume de dire Jacques, en riant, lors de ses rendez-vous chez le notaire. Ce jour est arrivé et tout le monde ne pleure pas. Qu'en pense-t-il de là où il est ? Peut-il comprendre pour quelle raison je ne me trouve pas sur le devant ? Se désole-t-il de me voir si loin de lui ? A-t-il envie de rappeler à ses grands enfants que nous avons partagé dix-sept ans de nos vies ? Dix-sept ans d'un amour qu'ils ont sans doute toujours jugé inacceptable, entre une fille au début si jeune et un homme qui aurait largement pu être son père... Saurait-il leur assurer, mieux que moi, que je ne l'ai pas abandonné, mais qu'il a accepté de me rendre ma liberté un an avant de mourir ? Qu'il n'est pas pour autant sorti de mon existence et que je l'ai aimé, même en fauteuil roulant, jusqu'au bout ?

De biais, j'aperçois les bras nus et la blondeur de ma fille. L'ourlet ondulé de sa robe noire a disparu dans l'assistance, elle qui a pénétré dans la cathédrale main dans la main avec ses demi-sœurs. Je me penche, glisse à l'oreille de Clovis :

– Tu peux rejoindre Juliette devant, si tu veux.

Je le regarde et retrouve son père sous des traits enfantins. Ils se ressemblent tant. Ensemble, ils étaient allés acheter ce joli pantalon gris et ce blazer bleu marine à épaulettes qui le transforment aujourd'hui en petit homme. Pourtant, ni sa cravate bleu et or, ni sa chemise blanche trop lâche au cou comme aux poignets ne sauraient faire office d'armure, encore moins de carapace.

– Non, je reste avec toi, maman. J'ai peur.

La peur, encore. Il serre un peu plus fort ma main.

À côté de nous se tient Annie Schneider, la meilleure amie de Jacques. Puis l'épouse du patron des hôtels Barrière de La Baule. Le show-biz, passé et présent, est venu en nombre : Nikos Aliagas, Stéphane Collaro, Danièle Gilbert, Laurent Cabrol, Paul Bocuse, Laurent Gerra, Piem, Pierre Bonte, Chantal Goya, Enrico Macias représentent le monde du spectacle et ce qu'on a coutume d'appeler

« la grande famille de la télévision »... Le PDG de France Télévisions, Patrick de Carolis, s'est également déplacé. Nous sommes quatre cents, peut-être cinq cents, accueillis sous l'immense nef centrale nimbée d'une lumière douce que les vitraux ensoleillés du chœur et des transepts dispersent par touches mouvantes.

Sur ma chaise, je ramasse le livret de messe couleur crème, relié par quelques pliures et un cordon vert anglais. En couverture, le portrait en noir et blanc de Jacques occupe la page entière. J'entends les gens dire qu'il est beau. Que la photo est belle. J'ignore qui, ce jour-là, se cachait derrière l'objectif. Sur ce cliché, Jacques offre un regard enveloppant, un air profondément expressif, et des yeux que je ne lui connaissais plus. J'ai retrouvé cette photo par hasard en triant des papiers, il y a deux semaines à peine, tandis que j'attendais encore la naissance d'Ary. Je l'ai montrée à Juliette et Clovis qui, comme moi, se sont pâmés. Je l'ai gardée dans un coin, loin d'imaginer que l'image, si tôt, irait se poser sur un cercueil de bois verni.

Les trente Petits chanteurs à la Croix de bois, venus de Paris, entonnent un premier cantique. Les mains jointes, le recteur Michel Cacaud, assisté du père Guy de Fatto du Prado et du père Vignon, s'apprête à dire la messe. Près d'eux, sur les marches de l'autel, ont été déposées fleurs et couronnes, parmi lesquelles le coussin de roses blanches livré par notre fleuriste lyonnais attitré. La composition a pris la forme d'un cœur ; sur le bandeau qui le ceint en diagonale on peut lire : « À notre Papa,

Juliette et Clovis ». Détail étrange : Cécilia a offert le même bouquet. Nous ne nous sommes pourtant pas consultées.

La chorale, elle, s'applique. Entre deux, les discours se suivent. Celui de Paul Ceuzin, l'ami de toujours, l'associé de Jacques, le complice des grands voyages autour du monde. Celui de David, aussi, qui, en tant qu'aîné, prend la parole pour ses frères et sœurs :

« Ne soyez pas trop tristes... Je sais que nos cœurs sont en miettes et nos yeux pleins de larmes. Mais sachez-le, dès ce soir, notre père a rendez-vous. Là-haut. Au premier étage, comme il le disait si souvent. Et pour lui, c'est Saint-Exupéry et Mermoz qui vont assurer le voyage...

» Jean Yanne, Francis Blanche, Fernand Raynaud et Pierre Desproges ont réservé une table pour le dîner. [...]

» Toute sa bibliothèque, toute sa musique et tout son théâtre l'attendent... Son rêve ! [...] »

Reçue maintes fois sur le plateau de « L'École des fans » ou de « Dimanche Martin », la Maîtrise de la Primatiale prend alors le relais. Un chœur supplémentaire qui – en dépit de l'extrême beauté des chants – transforme un peu plus la cérémonie en cérémonial. J'ignore si Jacques aurait souhaité pareille grand-messe, ces obsèques quasi nationales, la même cathédrale que celle en laquelle Henri IV épousa Marie de Médicis et où Richelieu reçut sa barrette de cardinal. Leïla, l'amie, la sœur, l'infirmière qui le tint dans ses bras à Biarritz, tout à la fin, m'assure que non. Je la crois, évidemment.

J'aurais sans doute fait autrement si l'occasion m'avait été donnée d'insuffler un peu de l'esprit de Jacques jusqu'ici. À la faveur de ce qu'il aurait peut-être considéré comme un jeu de scène, j'aurais appelé tous ses amis musiciens ; fait venir Roberto Alagna ou certains de ceux avec lesquels il donnait des concerts de récitant. Patrice Fontanarosa aurait joué du violon, Maurice André de la trompette. Tous, dans le souci d'un rapprochement sincère, auraient usé de leur partition comme d'un trait d'union avec Jacques.

Et, si on me l'avait demandé, moi aussi j'aurais écrit un texte. J'aurais aimé, comme eux, parler de lui devant tout le monde. Et lui parler tout court. Dire quelque chose, ne serait-ce que vis-à-vis de mes enfants. Saisir une chance de gommer, aux yeux de tous les autres, l'image de veuve joyeuse et illégitime que je porte en bandoulière, sur ma robe noire de jeune accouchée. Mais je n'ai pas ma place.

À l'opposé de la sacristie, l'horloge astronomique indique la date, les positions de la Lune, du Soleil et de la Terre, ainsi que le lever des étoiles au-dessus de la ville. Ce soir, le ciel lyonnais en comptera une nouvelle.

Clovis, qui a beaucoup pleuré, vient de lâcher ma main.

– Maman, je veux aller devant avec Juliette.

– Vas-y, lui dis-je, essuyant son visage mouillé de larmes d'un coup de mouchoir en papier.

Annie Schneider, sa marraine, m'adresse un regard d'encouragement. Ses yeux me disent que je fais bien. Tout est long, trop long. Ennuyeux et triste.

Juliette et Judith rejoignent l'autel et lisent, l'une après l'autre, les intentions de prière. Je suis dans mon chagrin d'avoir perdu Jacques, de ne pas l'avoir revu depuis quatre mois. Dans la peine immense de voir mes enfants vivre cela.

– J'invite désormais les proches qui le souhaitent à s'avancer pour dire un dernier adieu à Jacques, en accomplissant le geste qui sied à chacun.

À l'appel du prêtre, les enfants se dirigent vers le cercueil en quelques pas. Personne ne sait très bien qui doit passer le premier. Les copains, les connaissances, les gens que l'on dit « du spectacle », les vagues confrères ou collègues d'un jour aimeraient leur succéder, mais ce salut au mort est exclusivement réservé à la famille. À mon tour, je progresse dans l'allée centrale, sans savoir qu'il y a quelques heures encore, je n'étais pas autorisée à le faire : on avait beaucoup hésité avant de m'accorder cette faveur. Des regards qui en disent long se posent sur moi.

Je les sens encore à l'instant où je me retrouve face à face avec cette boîte aux quatre poignées en laiton. Maladroite, les yeux perdus, j'hésite à me saisir du goupillon que me tend l'homme d'Église. Je suis mal, tellement mal. Un terrible malaise s'empare de mon corps et de mon cœur. Ma main tremble et je ne sais plus dans quel sens dessiner la croix. En haut d'abord ? Ou à gauche ? Bon sang, que m'arrive-t-il ? Je recommence. Une fois. Vite, une autre. Des gouttes d'eau bénite s'échappent en pluie dispersée. Je n'y parviens pas et achève mon geste dans un dernier élan mal contrôlé, avant de regagner mon siège. À ma suite, d'autres proches rendent leur hommage. Les uns se signent, d'autres s'inclinent simplement, ou embrassent le bois du bout des lèvres.

Enfin résonne l'air que je connais si bien. Les premiers mouvements de la *Cinquième symphonie* de Mahler. Nous l'écoutions lors de chaque long trajet en voiture, avec Jacques. « Je voudrais que l'on joue ça à mon enterrement », me confiait-il. Son vœu a été exaucé. Introduite par de vives notes de trompette, la musique est comme une marche qui s'emballe au son des violons, des cordes et des cors. La partition revêt même parfois, le temps de quelques portées, les apparats d'une fanfare, puis d'une berceuse, succédant à une marche funèbre. Comme si la vie faisait reculer la mort.

Quatre hommes ont porté le cercueil et les enfants sont entrés dans leur sillage. Élise, David, Frédéric, Jean-Baptiste, Judith, Jeanne-Marie, Juliette et Clovis marchent lentement jusqu'au-dehors. Je leur succède et finis par retrouver Leïla, à qui je tends la main. Furtivement, j'aperçois Dominique Debeyne, l'ancien et fidèle conseiller financier de Jacques. J'ose à peine aller lui parler.

Qui sait ce que d'aucuns pourraient penser en observant notre proximité sincère et infiniment respectueuse ? Je ne ferai à personne le plaisir d'entretenir le fantasme qu'ils ont de ma vénalité.

Sur les marches basses, la lueur du jour et la chaleur douce du soleil nous surprennent. Qu'il faisait froid dans cette cathédrale... Clovis revient vers moi, la mine infiniment triste, ses petits yeux cernés d'une ombre rosée. Cécilia est sortie la première, sans attendre la procession, serrée de près par son service de sécurité et celui de son amie ministre, dont elle ne lâche pas la main.

L'épreuve continue et il nous faut désormais quitter le contrebas de la colline de Fourvière pour rejoindre le cimetière de la Guillotière.

Avec Jacques, la mort a toujours été un sujet tabou. À maintes reprises, sa maladie s'aggravant, j'avais tenté d'évoquer avec lui quelles étaient ses volontés en matière d'obsèques. Mais jamais il ne prenait cette question au sérieux. « Je veux voir mes cendres dispersées dans la mer », disait-il un jour. « Que l'on m'enterre au Pays basque ! » exigeait-il le lendemain. Le plus logique l'a finalement emporté sur sa pudeur extrême et la fertilité de son imagination, sans que personne n'ait eu le temps de lui demander son avis : il sera enterré ici, à Lyon, au côté de sa mère. Je trouve qu'il n'y a pas meilleur endroit.

Entre-temps, sur le parvis, la foule s'est faite plus dense. Serrées les unes contre les autres derrière un long et tortueux rempart de barrières métalliques, plus de cinq mille personnes attendent que s'ébranle le cortège funèbre. Au moment où démarrent nos voitures, les applaudissements retentissent par salves entières. Les voici offerts comme un ultime salut à l'homme de télévision, au trublion du « Petit Rapporteur », au coquin rigolard qui posait de drôles de questions aux chanteurs en herbe de « L'École des fans », faisant rire les parents. Une ovation de reconnaissance, d'admiration bienveillante.

À 17 heures, le convoi s'immobilise à l'entrée du cimetière. Les caméras sont là. L'endroit ne m'est pas inconnu puisque nous y venions, chaque fête de la Toussaint, pour fleurir la tombe de la mère de Jacques. En empruntant l'allée centrale avec Juliette et Clovis, je retrouve ce décor de tombeaux ouvragés et parmi eux ceux, à la statuaire souvent insolite, que l'on réservait jadis aux grandes familles industrielles de la région. Les frères Lumière, eux, y ont leur chapelle.

Nous, les proches, marchons en file indienne plus ou moins alignée vers la tombe. Je cherche l'émotion chez les uns, chez les autres... Beaucoup discutent entre eux, piétinant à mon sens la solennité de l'instant. Les pompes funèbres, en nous attendant, ont élevé le cercueil de Jacques au-dessus d'un trou béant. Michèle, ma belle-sœur, a fait venir un prêtre. Un vieux monsieur tout petit, et plus inspiré que quiconque, attaché à dire un temps de prière à l'image du défunt.

Pour cette seconde bénédiction, chacun peut s'approcher de Jacques plus intimement. Pour son papa, Juliette a préparé un petit mot, une jolie feuille pliée en huit qu'elle fait glisser sur le cercueil. Il partira avec. À mon tour, je me détache de la ronde que nous formons tout autour du caveau et m'avance lentement. Je touche le bois du cercueil et ferme les yeux. Intérieurement, je lui parle. « Repose-toi bien. Ne souffre plus, surtout. » Je crois que je suis prête à le laisser partir, à le voir quitter pour toujours son monde de douleur.

Je n'ai pas voulu que Clovis regarde dans le trou. Devant nous s'est ouvert ce creux béant, dégoulinant de terre brune à demi sèche. Doucement, le cercueil s'y est enfoncé. En frottant la paroi, les cordes ont entraîné d'imperceptibles éboulements, cognant sur le bois dans quelque bruit mat.

Ce n'est qu'à cet instant que j'ai réalisé. Que nous n'étions rien. Rien du tout. Que je ne verrais plus ses yeux, ne toucherais plus ses mains, n'entendrais plus sa voix. Ni son rire. Sa musique, ses mots doux, ses appels, ses suppliques, ses répliques, ses envies non plus. J'ai pris conscience qu'il ne respirerait plus la peau de ses enfants, et qu'eux-mêmes passeraient leur vie à se souvenir des caresses qu'ils lui faisaient sur la joue, ou dans les cheveux. Part-il, lui, avec le parfum de leur cou lisse et enfantin ? Quand et comment nous manquera-t-il ? Tout vous échappe, dans ces moments-là. Les questions, les craintes, les angoisses s'empilent les unes sur les autres, avant de s'entasser dans votre esprit comme dans une enveloppe vide. On est prêt à se raccrocher à tout ;

on se dit qu'il est trop tôt ; que la douleur a trop duré et la vie pas assez.

Dans le trou, chacun a jeté la rose blanche qu'il tenait à la main. Je l'ai fait à la place de mon fils, pour que – si petit – il ne garde pas en mémoire l'image de son père tout seul, dans le noir, dans le froid profond. Puis, la grande plaque s'est refermée sur lui, avec une violence inouïe.

Ex-femmes, fils, filles, belles-mères aurions pu nous parler et baisser la garde. Faire abstraction des conflits larvés et des divergences infondées qui avaient émaillé ces dernières années. Faire de ce drame une trêve, même ponctuelle et éphémère.

Mais lasse, catapultée au pied d'un mur, je n'ai même pas osé. Nous l'avons tous aimé mais personne ne m'a dit au revoir. Et je n'ai dit au revoir à personne. Je venais d'enterrer, d'un seul coup, dix-sept ans d'amour et le grand ordonnateur de ma vie.

– 2 –

– Tiens ! Enfile ça !

Valérie me tend la tenue complète : des bas résille, un bustier, un string à paillettes argentées, des escarpins en lamé, un haut-de-forme assorti et une queue-de-pie cintrée dont les manches se terminent par des poignets aux boutons trop clinquants pour être vrais. Pas le comble de l'élégance mais la parfaite panoplie de l'hôtesse à la télévision, à la fin des années quatre-vingt. Des vêtements que je n'aurais très probablement jamais pensé porter et que je regarde davantage comme les pièces d'un déguisement que comme une tenue de gala. Mais l'on n'a rien sans rien, me dis-je, tandis que Valérie tente de me rassurer.

– T'inquiète ! Personne ne verra tes fesses. De toute façon, elles seront dissimulées sous la veste.

Valérie n'en est pas à sa première émission. Chaque week-end que nous passons ensemble, elle se montre intarissable sur les coulisses de son expérience de doublure lumière lors des plans d'essai du « Monde est à vous ». Comme elle, je veux gagner ma vie. Pas grand-chose, juste de quoi me constituer un petit pécule susceptible de payer le loyer d'une studette dans Paris, de combler mon besoin d'indépendance et, pourquoi pas, de réaliser mon projet : devenir hôtesse de l'air.

Quelques jours plus tôt, en bonne copine, Valérie m'a donc présentée à Luc, le directeur des castings. Il m'a regardée, puis s'est exclamé :

– Comme rousse, vous serez parfaite ! On commence la semaine prochaine !

Il faut bien avouer que, mue par l'envie farouche d'obtenir ce job, j'étais venue avec de solides recommandations. Valérie est en effet la fille de Babeth qui, depuis des années, officie en fidèle assistante auprès de Jacques Martin en personne. Elle s'est laissé dire que l'équipe recherchait une jeune femme rousse et jolie capable d'assurer une présence en plateau lors des enregistrements. Immédiatement, elle a pensé à moi.

Ce samedi-là, à la sortie du lycée Paul-Valéry, je me suis donc précipitée au théâtre de l'Empire, m'engouffrant dans le métro comme si une nouvelle vie m'attendait. Le matin, en quittant la maison, j'avais claqué la porte en lançant à ma mère :

– Demain tu enregistres, hein, maman ? Tu enregistres surtout !

En coulisses, pourtant, je me demande si ma place est réellement ici. Certaines filles, bien plus belles que moi, mannequins professionnels pour certaines, déambulent dans les vestiaires perchées sur de hauts talons, à l'aise dans leur corps. Pour ma part, je n'ai l'habitude que des inaugurations d'usines, des foires à l'occasion desquelles on vous prête un tailleur, ou encore des tests pour consommateurs organisés en haut de la tour Montparnasse et des séances groupées de cobayes pour déodorants : autant de petits jobs de dépannage censés gonfler mes réserves d'argent de poche. Je me fais violence à chaque fois que j'y vais mais y trouve, bon an, mal an, une occasion de m'exprimer. De sortir de chez moi. De voir autre chose. D'imaginer que la vie ne se résume pas aux quatre murs en papier peint d'un appartement, casé parmi tant d'autres dans une barre de béton blanc du vingtième arrondissement.

Le 4 septembre dernier, je suis passée de l'autre côté de la barrière : celle de la majorité. La fin des grandes vacances n'étant jamais la meilleure période pour réunir autour de soi ses amis, serait-ce le temps d'une fête, j'ai soufflé mes bougies en famille. Dans notre appartement de la rue de la Chine, nous n'étions que quatre, en comptant Valérie. Ma mère avait préparé son plat fétiche – un canard aux olives – et mon beau-père débouché un montagne-saint-émilion et un sauternes 1970. « Deux grands vins pour une grande fille », m'avait-il dit, très fier – comme maman – de voir à quel point mon année passée aux États-Unis m'avait transformée. Un peu trop, peut-être, tant ce voyage m'avait ouvert les yeux sur la pauvreté et l'insignifiance de la vie que je menais jusqu'alors. Une vie coincée entre le quartier de la rue des Pyrénées et les soixante mètres carrés d'un logis propret auquel même la cheminée ne parvenait pas à donner un semblant de relief ; entre des pâtés de maisons où seule la présence voisine d'un dépôt de matériel technique dans lequel venait se fournir Serge Gainsbourg apportait un brin d'animation, et une télévision sans cesse allumée, un chat qui lui aussi tournait en rond et une mère valeureuse, brouillée avec un père richissime et devenue agent de maîtrise pour une caisse de retraite. Ce n'était pas la misère, bien sûr. Je disposais d'une chambre en mezzanine – un *must* pour adolescent, à l'époque – et j'avais du temps libre à ne plus savoir qu'en faire. Je n'en faisais d'ailleurs pas grand-chose : ni sport, ni loisirs, ni sorties. Juste de l'ennui déversé insidieusement sur une vie qui ne m'allait pas. Besoin de m'envoler.

C'est mon beau-père, Yannick, qui avait eu l'idée de m'envoyer outre-Atlantique. Au prix d'un sacrifice financier important pour mes parents, je pourrais ainsi préparer mon bac français à distance et revenir avec des choses à raconter.

Lorsque Yannick m'a suggéré, à seize ans et demi, de prendre le large, je n'ai pas hésité. À la fin de ma seconde, j'ai plié bagage et pris l'avion pour Brighton, passage obligé d'un mois en classe préparatoire. Premier plongeon dans le bain international. Des étudiants du monde entier et le plaisir immense de vivre hors de toutes frontières. Aussi, en apprenant que Portland serait mon point de chute américain, me suis-je immédiatement précipitée sur un atlas. Quelle déception ! Qu'allais-je faire dans ce coin perdu de l'Oregon, moi qui rêvais de New York et de Californie ?

Contre toute attente, et parce que j'avais en quelque sorte accepté de me faire peur, j'ai passé là-bas onze mois fabuleux. Le couple qui m'hébergeait – des quinquagénaires sans enfant – avait fait de moi sa fille. Férus de musique classique, Elyse et Ron m'emmenaient au concert, au spectacle, m'aidant à faire l'apprentissage de la curiosité. Différemment, j'existais au sein d'une autre famille que la mienne. Sur le journal du campus, les *frenchies* étaient des stars. J'étais plutôt brillante, et tout me semblait facile. Sans jamais avoir été excessivement coquette, je commençais à prendre goût au fard à joues et aux bijoux de fantaisie, bien que l'on en mette toujours trop à cet âge-là. Je changeais. Je grandissais d'un coup.

Partir fut un déchirement. Vers la mi-juin, ma mère et Yannick sont venus me chercher. J'avais envie de tout sauf de quitter Portland, ces grands espaces et leurs crépuscules de cinéma, mes amis, ma liberté, mon autonomie, Mike, mon premier amour, et sa Mustang rouge. Je me moquais du trajet du retour qui nous fit passer par San Francisco, Carmel et la Côte ouest. Je pleurais chaque jour, cherchant au gré des rues qui défilaient une cabine téléphonique d'où j'aurais pu appeler mon boy-friend. Ma mère m'en voulait probablement de gâcher pareille chance ; et j'ai le remords aujourd'hui de n'avoir pas réalisé que mes parents avaient, sans aucun doute, cassé leur tirelire pour faire de ce retour une fête. Mais le souvenir des heures vécues loin de France rendait encore plus tenace mon souhait profond de ne surtout pas rentrer.

Début juillet, j'ai finalement retrouvé Paris sans grand entrain et, paradoxalement, dopée par une énergie folle au point de tout vouloir bouleverser. Mes habitudes, mes centres d'intérêt, mes amitiés, mes discussions. Grandir ailleurs me faisait me sentir différente. Ni plus forte, ni plus intelligente, ni plus belle : simplement en décalage.

Jamais je n'ai suivi les cours dispensés par le CNED, censés me faire décrocher mes épreuves de bac français. Il aurait fallu, pour cela, que je réponde à la convocation du centre d'examen de Los Angeles, mais l'épargne familiale avait fondu comme neige au soleil et il ne restait plus un centime pour payer le billet d'avion. Gentiment, Yannick et ma mère ont donc trouvé un arrangement avec la direction du lycée, me permettant de passer les épreuves de français en même temps que le baccalauréat général, à l'issue de ma terminale.

Placée un an à l'écart du cadre parental, je voulais croire que j'aurais cette capacité à avancer seule, à devenir adulte et femme. J'étais prête à me construire une vie que je voulais différente. Mieux encore : originale. Je n'imaginais pas une seconde à quel point elle le serait...

⁂

Une épingle par-ci, une épingle par-là. En toute logique, mon chignon devrait tenir le temps de l'émission. Valérie s'est fait faire un brushing aérien, et répète avec moi la simplissime chorégraphie accompagnant le générique du « Monde est à vous ».

– Tu descends jusqu'à la cinquième marche, la main droite sur la taille, d'accord ? Et, dès qu'il arrive, lorsque vient ton tour, tu ouvres grand le bras gauche. Pas trop haut. Juste après, on descend toutes les huit sur le plateau et on se place en quinconce. Surtout, tu attends qu'il commence à parler au micro pour repartir discrètement derrière le rideau. Pas de panique : de toute manière, c'est pas du direct.

– D'accord.

Je suis passée la dernière entre les mains des maquilleuses. La touche finale avant de rejoindre le décor de l'émission culte conçue et animée par Jacques Martin, que suivent chaque dimanche quelque vingt millions de fidèles téléspectateurs. Des millions sauf moi. Je connais à peine Jacques Martin. Tout juste suis-je en mesure de le décrire physiquement avec précision ou d'évoquer sa voix, pourtant si singulière.

En coulisses, je guette le moniteur de contrôle sur lequel défile le générique. Combien de fois – en dehors des jours de Grand Prix automobile – ai-je entendu cet air de clarinettes, tambours et trompettes résonner dans le salon de mes parents ? Tellement théâtral ! À l'écran, un avion de ligne fend d'un souffle un tapis moelleux d'épais nuages, laissant le titre de l'émission s'enrouler autour d'un globe terrestre. S'ensuit un diaporama de paysages lointains et idylliques : Tahiti et ses palmiers, une vue aérienne de New York, etc.

Jacques Martin arrive au dernier moment. « Comme d'habitude », me glisse Valérie. Il affiche l'air concentré des gens anxieux. Ni frimeur, ni dragueur, juste poli lorsqu'il lance à la cantonade, sur un ton enjoué : « Bonjour mesdemoiselles ! » Je suis la petite nouvelle mais passe inaperçue. J'aime autant.

Quelques minutes plus tard, j'ai relevé sans encombre le défi de ma première haie d'honneur, plus pressée de rejoindre l'envers de ce plateau orangé fait d'arabesques et de marches scintillantes que de suivre le cours du jeu. Trois candidats présélectionnés, lovés dans des fauteuils en cuir pivotants et placés derrière un pupitre lumineux, sont venus dans l'espoir de gagner le voyage de leurs rêves. Un seul – à qui l'une de nous apportera son lot – sortira vainqueur du théâtre de l'Empire, à condition bien sûr d'avoir répondu juste aux questions posées.

Avec beaucoup d'humour et une dose d'irrévérence bien placée, Jacques Martin mène la danse en professionnel, ne ratant jamais une occasion de formuler un bon mot, complimenter un musicien, sympathiser avec les artistes sous l'œil des caméras. Des stars et des moins stars que, moi, j'espère juste croiser aux abords des loges. Un côté fan-club qui n'est pas pour me déplaire ; ou peut-être la facette groupie de ma personnalité, qui resurgit avec excitation sous les paillettes, me laissant entendre que quelque chose de l'enfance brûle encore en moi.

Ce jour-là, je repars le cœur léger de l'avenue de Wagram. Fière d'être allée jusqu'au bout. Épanouie et plus résolue que jamais à me battre pour une vie qu'il ne suffit plus d'inventer. Avec un cachet de huit cents francs par journée d'enregistrement, je suis certaine de pouvoir gagner la partie.

*
**

C'est une constante chez les animateurs : pour se rapprocher de son public et prouver qu'on n'a pas la mémoire courte, il est de bon ton, au moins une fois, de faire le déplacement dans la ville de ses débuts. Montrer qu'on est devenu quelqu'un sur la route du petit écran, sans tourner le dos à la case départ de sa carrière. Pour l'émission du 5 mars 1989, la décision est donc prise d'aller tourner à Strasbourg. C'est ici que Jacques Martin, qui se présentait à l'époque sous le pseudonyme de Jacques Ducerf, s'était montré pour la première fois. L'émission s'appelait « Pas très show » et passait sur Télé Strasbourg. En l'animant, Jacques avait attiré l'attention de Pierre Tchernia.

Toute l'équipe a donc rejoint l'Alsace en avion. Nous y passerons trois jours. Dans une ambiance bon enfant, hôtesses, techniciens, assistantes, cameramen et régisseurs posent leurs valises au Sofitel. Les incontournables figures de « L'École des fans » – le contrebassiste Bob Quibel et le pianiste Pino Latucca – sont elles aussi du voyage. Je découvre, pour ma part, la magie des clés magnétiques pour chambres d'hôtel.

Depuis le mois de janvier, et à la demande du représentant d'Air France, je suis l'hôtesse qui, en fin d'émission, remet les billets au gagnant, ainsi que la trousse de voyage qui l'accompagne durant le vol. Un étui de pacotille en toile synthétique contenant des chaussettes isolantes, des bouchons d'oreilles, une brosse à dents pliable, un minuscule tube de dentifrice, un lait hydratant et un masque. « Tout le nécessaire pour se refaire un brin de beauté avant l'atterrissage », comme le souligne généralement Jacques Martin au micro.

Le caractère extrêmement strict de la tenue dont je suis affublée – un tailleur bleu marine et un calot à barrette dorée – me ferait presque regretter le body pailleté de mes premiers plateaux. Mais cette austérité apparente doit absolument disparaître sous le flot de sourires dont j'ai bien compris qu'il fallait que je m'acquitte, et ce lors de chaque descente des marches.

Les répétitions du samedi à l'opéra de Strasbourg sont entrecoupées de pauses café au bistrot d'en face, à la faveur desquelles nous rejoint Alain, le chauffeur de celui qu'il appelle « Monsieur Martin ». Alain est un très beau garçon d'origine américaine – son patronyme, Robertson Mac Kay, ne trompe pas –, féru d'ésotérisme et de sciences parallèles. Pour diluer notre ennui et le sien, il s'amuse à nous expliquer les bienfaits d'une alimentation à la limite de la macrobiotique, démontrant par a + b que glisser une plaque en fer sous son assiette permet d'ioniser la nourriture. Sa ligne, athlétique, plaide en faveur de ses habitudes, même si celles-ci nous semblent, à tous, incompatibles avec notre penchant pour la bonne chère.

Le soir même, de retour dans notre chambre, Valérie me lance, l'air détaché :

– Au fait, si tu n'as rien de prévu, Jacques Martin t'invite à passer la soirée avec lui et quelques autres.

Depuis ma récente « promotion » au sein de l'émission, il est vrai que la fréquence de mes contacts avec lui s'est accentuée, tout en se limitant à quelques croisements répétés dans les couloirs de l'Empire. Mais de là à me convier à ses virées nocturnes ! Son intention, que je perçois comme une simple marque de gentillesse, me flatte... sans pour autant bouleverser mes plans.

– Trop tard ! J'ai déjà dit « oui » à Charles. Il m'invite au restaurant.

Charles Sudaka est le programmateur de l'émission, le bras droit de Jacques. Lui préfère les hommes mais ne refuse jamais la compagnie de jolies femmes, lesquelles goûtent sa jovialité, son humour et sa spontanéité. La distinction faite homme. Babeth, la mère de Valérie, est même la première à apprécier sa façon d'être. Alors, pour cette fois, « le patron » se passera de ma présence.

L'émission a été tournée en direct le dimanche. Le soir venu, tout le monde – exténué – s'apprête à regagner Paris. Devant l'hôtel, le bus spécialement affrété pour nous conduire jusqu'à l'aéroport se remplit peu à peu. Je suis la dernière arrivée et, déjà, tous les sièges ont trouvé preneur.

– Je vous emmène avec plaisir.

La vitre baissée, Jacques Martin réitère sa proposition à mon adresse :

– Montez, je vous en prie ! Il reste de la place dans ma voiture.

J'accepte, tandis qu'un employé de l'hôtel charge ma valise dans le coffre de la Renault 25 bleu marine, sous le regard médusé du reste de la troupe.

Je m'assieds à la droite de « Monsieur Martin ». Dans le rétroviseur, Alain, le chauffeur, me jette des regards complices à la dérobée. Entre les deux sièges avant, garnis d'une sellerie de cuir noir, se trouve un téléphone.

– Merci beaucoup. Je suis désolée mais... comme je suis arrivée un petit peu après tout le monde... le bus était...

– Je vous le redis, c'est un plaisir. Certes, nous n'arriverons pas à l'aéroport avant les autres, mais au moins, ici, vous aurez de la place !

Ce huis clos me met mal à l'aise. Au fond de moi, je crains qu'il ne me tienne rigueur de lui avoir fait faux bond la veille. Je ne sais plus comment placer mes jambes, que faire de mes bras, de mes mains. Où regarder. Quoi dire. Vue de l'extérieur, la gêne qui m'envahit pourrait facilement s'apparenter à celle qu'éprouverait une fan face à son idole, ou à celle d'une employée catapultée dans un bureau pour un tête-à-tête impromptu avec son PDG. Même pas. Je me demande juste ce qu'une jeune femme d'à peine dix-neuf ans vient faire dans la berline d'un homme – tout simplement un homme – de cinquante-six.

En lançant un commentaire inoffensif, j'espère faire diversion, donner le change.

– C'est... très confortable.

Je me trouve idiote.

– La même voiture que les ministres ! Et, surtout, pas de plaque d'immatriculation à rallonge ! J'y tiens beaucoup ! Un numéro court, moins de vingt si possible, c'est tellement joli. Tellement plus chic !

Jamais, en six mois de collaboration, lui et moi n'avons été aussi proches physiquement. Ma timidité refait surface en un clin d'œil, tandis qu'il oriente la discussion sur les charmes de l'architecture strasbourgeoise, ses premiers pas de baryton à l'opéra que nous venons de quitter ou la prestation de Petula Clark venue, un peu plus tôt, chanter sur scène son tube *Down Town*. Il a quitté le costume qu'il portait, et revêtu un pantalon de toile beige et un polo bleu marine.

Dans l'habitacle flotte une odeur délicieuse. Je devine la bergamote, le citron, l'ambre et le musc... Une dominante de cuir, peut-être, le tout dénué de la moindre note entêtante. Un parfum délicat.

J'ai finalement décroisé et recroisé mes jambes, jeté plusieurs regards distraits au-dehors, apercevant au détour – et toujours dans le rétroviseur – les yeux espiègles d'Alain.

Ces quinze minutes de trajet m'ont semblé une éternité et je ne suis pas mécontente de rejoindre le comptoir d'enregistrement de l'aéroport.

– Alors comme ça on voyage avec chauffeur, mademoiselle ?

Hilare et moqueuse, Valérie vient de me donner une tape sur l'épaule.

– Tu parles... Bon, on y va ?

Sitôt installée à bord de l'appareil, et tandis que je m'applique à faire taire les mauvaises langues de la rangée située juste derrière moi, quelques journaux viennent se poser sur le siège voisin du mien.

– J'ai bien peur que les gens ne continuent de jaser, me confie Jacques Martin, en prenant place, tout sourire, à mon côté.

À notre arrivée à Orly, la suite tombe sous le sens, sans que je comprenne vraiment ce qui me vaut tant d'égards : je préfère me dire que s'il me raccompagne jusque chez mes parents, ce n'est que par élégance et par sympathie.

Garé devant le numéro 35 de la rue de la Chine, il n'a rien tenté. Sauf une invitation.

– Si vous voulez, demain, on déjeune.

– Ah... Tous les deux ?

– Oui, tous les deux. On déjeune à New York.

J'ai ri, comme à une plaisanterie, et il n'a pas insisté. Je me contentais pour l'heure de ce simple voyage de retour de Strasbourg, « une chance qu'au moins j'aurai eue », me suis-je dit. « Peut-être ai-je dû le séduire un tout petit peu », ai-je quand même pensé en appelant l'ascenseur.

La porte de l'appartement familial franchie, j'ai crié « C'est moi ! », posé ma valise dans l'entrée, et tout caché à ma mère.

*
**

Je commence à comprendre. Il y a, c'est certain, le Jacques Martin côté cour. Celui qui en rajoute, bien décidé à faire de ses émissions du dimanche de véritables shows monopolisant l'écran une après-midi entière, un spectacle de longue haleine pour « un vrai public », comme il dit, qui vient parfois de très loin pour le voir. Avec mon gros chèque en carton, je descends les marches du plateau pas à pas, et lui m'accompagne de ses commentaires excessifs.

– Et maintenant, notre ravissante, notre charmante, notre irrésistible hôtesse, va vous remettre un prix bien mérité...

Ou encore, m'observant en train de tendre une trousse de voyage au gagnant :

– Incroyable ! Décidément, vous êtes chaque semaine un peu plus belle, mademoiselle.

J'en rougirais presque.

Côté jardin, place à l'exigence, à la concentration, à la méticulosité dans le choix des invités et des programmes. Babeth et une hôtesse ne le quittent pas d'une semelle. Afin que rien ne lui échappe, Jacques Martin les veut – quoi qu'il arrive – tout près de lui. Tout, absolument tout, doit s'enchaîner sans accroc. Exactement comme au théâtre. Et Dieu sait s'il sait se faire entendre par ses collaborateurs.

Nous nous croisons dans les coulisses, le temps d'un salut légèrement plus détendu qu'avant, ou d'une rapide conversation sous laquelle se dessine un indéfinissable rapprochement.

Un samedi soir pourtant, à l'issue de l'enregistrement, il s'est posté devant sa loge et a attendu que je quitte la mienne. Un photographe travaillant pour le compte de la fille du grand brodeur François Lesage, à qui je sers de modèle pour un book, m'attend pour un shooting à l'autre bout de Paris et je suis déjà en retard. Jacques Martin, lui, ne souhaite pas particulièrement me dire au revoir : il veut « juste » m'inviter en week-end.

– J'organise la semaine prochaine une petite escapade à la campagne, près de Paris, une fête en compagnie de quelques bons amis, me dit-il, adossé à un mur. J'aimerais beaucoup que vous puissiez m'accompagner.

Sa proposition est pour le moins inattendue. L'expression de mon visage doit trahir un tel mélange de surprise et d'hésitation qu'il ne me laisse pas le temps de répondre.

– On irait prendre l'air, faire du cheval, un tas de choses pour se changer les idées. C'est le week-end de Pâques, profitons-en ! Préparez vos affaires pour dimanche prochain... C'est moi qui conduirai.

Comment dire non quand la vie vous sourit ? J'ai glissé le minimum de vêtements dans un sac de voyage et pris soin, auprès de Yannick et de ma mère, d'entretenir le flou maximal autour de mon absence.

– Valérie m'invite chez elle ce week-end. Le téléphone de ses parents est en dérangement mais ne vous inquiétez pas, je vous appellerai.

Un mensonge de gamine passé comme une lettre à la poste pour, surtout, garder son secret intact.

Fixé devant chez lui à Neuilly, le rendez-vous se veut matinal. La France n'est pas encore à l'heure d'été et l'avenue de Madrid, en ce dimanche de Pâques, est quasiment déserte. De rares passants, levés plus tôt que les autres, sont sortis acheter des croissants en bas de chez eux et leur journal au kiosque de la place du Général-Gouraud. Ils ont l'air détendu des gens qui ont du temps et qui le prennent, consolés d'avance par un lundi qui ne sera pas travaillé.

Lorsque j'arrive à sa hauteur, le moteur de la R25 tourne déjà. Il ne se coupera que devant l'Abbaye des Vaux-de-Cernay, immédiatement suivi d'un « C'est ici ! » lancé par celui qui, comme promis la veille, m'y a conduite.

Un an plus tôt, le domaine a été racheté par Philippe Savry et réaménagé en hôtel-restaurant de très haut standing. Ancien havre des moines cisterciens, l'endroit, bien à l'abri dans la vallée de Chevreuse, respire le calme et l'Histoire. Le luxe aussi, évidemment. La façade de la bâtisse principale se reflète dans l'eau d'huile d'un gigantesque étang, au bord duquel de vieilles barques ont été amarrées. L'hôtel compte également un salon de musique, une galerie d'art, deux courts de tennis, un haras et une piscine.

Surprise par l'apparente tranquillité des lieux, je demande à mon compagnon de voyage :

– Pensez-vous que vos amis soient déjà arrivés ?

– Sûr et certain ! Leurs voitures sont garées juste là.

– Je ne comprends pas... Il n'y en a que deux...

– Certes. Mais nous ne sommes que cinq !

Le temps d'un trajet entre Neuilly et les Yvelines, Jacques Martin est devenu Jacques, et je découvre stupéfaite qu'il n'est déjà plus tout à fait celui que j'imaginais. L'homme de télévision que je voyais volontiers entouré d'une cour d'admirateurs plus ou moins familiers, week-end compris, opère en réalité un tri diablement sélectif dans ses relations. Plus encore en amitié. Voilà qui n'arrange pas mes accès de timidité, alors même que je m'interroge sur le sens de ma présence auprès de nos compagnons de week-end.

Nous accueillent d'abord Paul Ceuzin et son épouse, Francine. Main dans la main, Paul et Jacques ont fondé Jacques Martin Productions. Directeur général associé de la société, Paul est le grand gestionnaire de ce paquebot qui règne en maître sur Antenne 2, même s'il s'amuse parfois à rédiger lui-même les questions de culture générale posées aux candidats du « Monde est à vous ». Il est la tête, Jacques est l'artiste.

Puis se présente Jacques Joubert, médecin attentif, confident émérite et fidèle complice.

Affranchie de l'intimité de ces salutations, je m'arrange pour m'écarter du groupe avec Jacques et lui dis :

– Pardonnez mon étonnement, mais vous m'aviez parlé d'une grande fête avec plein d'amis, n'est-ce pas ?

– Vous êtes gênée ?

– Bien sûr que je le suis ! Je ne les connais même pas !

– Alors vous allez apprendre.

Ce dimanche 20 avril, c'est d'abord et surtout Jacques que j'ai appris à connaître. Entouré de ceux qui comptaient pour lui, on aurait dit un personnage qui fend l'armure, pesant chacun de ses mots dans une pudeur sincère. Derrière ses rires subsistaient des failles et des blessures imprécises ; derrière ses hochements de tête et sa moue négligente, quelques fantômes mal éteints.

Assise à la table qui nous réunissait le temps d'un déjeuner au soleil, je n'avais qu'à tendre l'oreille pour saisir au vol ce que les autres avaient déjà compris depuis belle lurette. Comment aurais-je pu avoir la même lecture qu'eux de tout ce que Jacques avait à raconter, moi qui avais vécu et traversé trois fois moins d'années que lui dans l'existence ? Il me fallait deviner un homme qui, départi de son costume d'animateur vedette, mettait son âme à demi nue. Chaque phrase qu'il lançait, même la plus anodine, était une découverte, soit parce qu'elle illustrait sa fragilité, soit parce qu'elle remuait ses souvenirs, soit parce qu'elle déclenchait dans la foulée un rire que je n'avais encore jamais entendu. Attentive, aux aguets, j'avais les yeux partout, je décryptais ses gestes, ses mimiques, ses manies. On aurait dit une enfant impatiente qui, volet après volet, soulève les fenêtres en carton souple d'un calendrier de l'Avent, le soir au coucher, avec l'irrépressible envie d'ouvrir la case du jour d'après. Un carré minuscule où se niche immanquablement une image, une surprise.

*
**

Cécilia a quitté Jacques quatre mois plus tôt. Le sapin était décoré, les guirlandes scintillaient. Juste avant les fêtes, elle est partie avec leurs deux filles : Jeanne-Marie, un an et demi, et Judith, quatre ans. Chaque jour, depuis, il passe devant leur chambre vide. Les draps couleur pastel ornent encore les petits lits d'enfant et les rares peluches laissées là ne font pas le poids face à l'absence des rires et des cavalcades. Envers lui, ses amis usent de paroles réconfortantes, laissant à supposer que la peine est immense. Et elle l'est. Jacques ne joue plus un numéro et m'apparaît soudain comme un écorché vif, d'une sensibilité à fleur de peau.

Une femme qui le quitte et c'est le monde entier – son monde – qui s'écroule. Ce déjeuner ne me laisse d'autre choix que celui de reconstituer un peu du puzzle de sa vie, moi qui n'y connais rien et le connais si peu, si mal. J'entends parler d'une mère mariée très jeune à un fils de bonne famille de vingt ans son aîné et qui, pour se distraire, avait passé tous les concours des grandes écoles avant de partir au front. Il n'avait jamais rien fait de ces diplômes.

– Ce qui l'intéressait était beaucoup plus beau, dit Jacques. C'était l'inutile.

Il était revenu de la Première Guerre esclave de l'alcool, jusqu'à boire les flacons de parfum que sa jeune épouse vendait tant bien que mal dans sa boutique lyonnaise. Il but aussi ceux d'un second magasin, « Le Bourdon gourmand », spécialisé dans les produits de régime. Flambeur, prêt à faire descendre de Paris la brigade de chez Maxim's pour régaler les cinquante convives d'une chasse qu'il organisait et ne payait jamais, féru d'opéra lyrique et de spectacle, sachant jouer de sept instruments mais jamais aussi heureux que dans un bistrot ou plongé dans les poèmes de Mallarmé. Pour payer quelques tournées à de parfaits inconnus de beuverie, monsieur Martin avait revendu une bouchée de pain la chaîne et le gobelet de baptême de son fils. Amoureuse mais lasse, ruinée, sa femme avait fini par prendre le large. Criblée de dettes, elle fut contrainte de confier ses enfants – Jacques et Michèle – aux jésuites. « Juste cinq minutes », avait-elle dit, les tenant par la main, pour ne revenir que neuf mois plus tard. Le temps – avait-elle vraiment le choix ? – de retrouver un travail et de quoi faire vivre une famille de trois. Celui, pour Jacques, six ans à l'époque, d'affronter la gerçure de l'abandon et la vie terrifiante d'un pensionnat en pierre grise.

Johanès, son père, reconverti en misérable porteur à la gare de Lyon et dont le foie rongé par le vin ne tenait plus qu'à un fil, fit ses adieux sans rameuter les foules. Avec un certain panache néanmoins, puisqu'il rangea soigneusement, la veille de sa mort, la bibliothèque des religieuses qui l'avaient recueilli et soigné. La dernière fois que Jacques l'avait vu, il avait tout juste quatre ans. Son seul souvenir avec lui est celui d'une courte promenade dans Lyon, suivi d'un copieux goûter de crêpes dans un café. Le reste, il le tient de ceux qui l'ont connu, ou juste croisé.

À le laisser se dévoiler par bribes au fil des anecdotes, j'en oublie presque de me demander dans quelle situation nous sommes venus nous mettre, mes complexes ressuscités et moi. Si c'est ça, la vie, alors je n'ai rien vécu. À l'évocation de l'enfance de Jacques, je n'ai pas trouvé les mots ; quelle légitimité ai-je, de toute façon, à en prononcer un seul à ce sujet ? De quel statut puis-je bien jouir, ici, aux yeux de ces gens en général et à ses côtés en particulier ? Celui de jeune maîtresse, puisqu'il n'est pas encore divorcé ? Pas un seul baiser n'a été échangé entre nous. Celui de passe-temps déguisé en groupie ? J'imagine, à tort, que je ne suis pas la première. J'aime autant me rassurer en me disant que je suis une simple invitée.

Certes, je ne suis pas issue du même milieu et toute conversation tournant autour de la politique ou de la littérature encourage un peu plus mon mutisme. Lors de ce déjeuner, une seule et même phrase me vient sans cesse à l'esprit : « Ciel, que la barre est haute ! À quel moment vais-je pouvoir ouvrir la bouche pour pouvoir dire quelque chose ? »

L'après-midi a finalement passé vite, entre rires et balades, que venaient ponctuer les touchantes tentatives de Jacques pour me mettre un peu plus à mon aise.

En fin de journée, toutefois, j'en étais encore à chercher un stratagème pour pouvoir m'échapper.

– Vers quelle heure part-on ?

– Partir ? Mais pourquoi ? Il fait beau, on est bien, on s'amuse. Ce serait dommage, il est encore si tôt ! Nous allons dormir ici.

Il avait l'air tellement heureux que je n'ai pas osé protester. Pas osé le décevoir ? J'avais beau me sentir prise au piège, je m'en serais voulu d'insulter, en refusant, son charme et sa générosité. Peut-être, aussi, l'idée de braver un interdit m'a-t-elle plu infiniment. Jacques a, de son côté, su faire preuve de persuasion. Pour que, surtout, je ne le laisse pas seul, ni ne lui fasse de mal.

Dans sa chambre, décorée de boiseries et habillée de tons pourpres, pareille à celle d'un manoir avec sa salle de bains à l'ancienne, il avait fait livrer un énorme et somptueux bouquet de roses rouges. Il adorait les fleurs mais les avait commandées pour moi. Il m'a juré, en riant, que chacun dormirait de son côté dans le grand lit molletonné que le service de nuit nous avait préparé, puis s'est glissé sous les draps dans son grand peignoir japonais. Amusé, il a dû me dire que c'était la première fois que ça lui arrivait. La lumière éteinte, il m'a souhaité bonne nuit en ajoutant « Mademoiselle ». J'ai cogité quelque temps, puis me suis endormie bien après lui. Sans plus vouloir partir du tout.

*
**

Mon amie Valérie éclate de rire. Elle n'en croit pas ses oreilles.

– Tu l'as revu ?

– Pas encore. Mais il m'a laissé son numéro de téléphone en me proposant de nous revoir bientôt.

– Amoureuse ?

– Un peu, déjà, oui. Attachée, c'est certain. C'est magique. Il est magique.

– Bon sang, Céline ! C'est le patron de ma mère, mine de rien !

– Je sais. Mais, pour l'instant, je n'en parle à personne. Et toi non plus, surtout.

J'ai décidé de prendre les choses comme elles venaient. De me laisser porter et emporter. En parallèle, j'entretiens le secret avec un soin infini, convaincue qu'il préserve à lui seul les prémices de ce qui pourrait être une belle histoire. Qui sait si en parler ne serait pas la gâcher ?

Depuis notre week-end près de Rambouillet, j'ai appris dans quelles conditions Jacques s'était séparé de Cécilia. Ou plutôt comment il l'avait perdue, quatre ans après leur mariage à la mairie de Neuilly. Elle l'a quitté pour le jeune premier magistrat de la ville. Son ami. Leur ami. Celui-là même qui avait recueilli leurs consentements sous les hauts plafonds de la salle des mariages. Jacques l'a su, alors qu'il n'aurait jamais pu même l'imaginer, lorsque la femme trompée, Marie-Dominique, lui a téléphoné.

Meurtri, blessé, il laisse douloureusement couler sur lui ce énième chagrin imposé par la vie, ce camouflet, ne montant sur la scène du théâtre de l'Empire que pour mieux oublier, aidé par un traitement à base d'antidépresseurs. Évoquant celle qui l'a trahi, et trahi l'amour qu'il avait pour elle, il a pris l'habitude d'emprunter à Sacha Guitry cette fameuse réplique : « J'imagine un cocu disant : "Ce qui m'exaspère, c'est de penser que ce monsieur sait maintenant de quoi je me contentais." » Il ne supporte pas que la vie lui ait, dit-il, « craché dessus ».

Alors, je le vois s'engouffrer dans le tunnel de son métier, boulimique de cette énergie qu'il puise sur les plateaux de « Dimanche Martin ». La scène, « le seul endroit au monde où vous savez ce qui va se passer avant », répétait-il.

Jeune, sans doute encore un peu naïve, je me sens dans sa vie un peu comme sur un fil et ne peux m'empêcher, les jours d'enregistrement, de guetter son regard où qu'il aille. Une certaine méfiance – salutaire – s'empare de moi, qui redoute de laisser des plumes dans cette aventure. Pourtant, je perçois que ce n'est pas l'aventure qu'il cherche, mais à nouveau l'amour. Il veut redevenir – ou tout simplement être – l'homme d'une seule femme.

*
**

Hier il m'a dit :

– Ce week-end, je vous emmène ! Mais je ne vous dis pas où. Prenez simplement une petite valise et nous partirons après l'émission.

J'ai de nouveau menti à mes parents en prétextant une virée entre copines et me suis envolée avec Jacques, des centaines de kilomètres plus au sud.

À Biarritz, le directeur de l'hôtel du Palais nous attend avec la déférence due à un fidèle et célèbre client. Un client qui aime la mer et le bruit des vagues ; un client pour qui visiter l'arrière-pays passe avant tout par des haltes répétées dans ses restaurants ; un client qui connaît par cœur l'histoire d'Arcangues, le village de Luis Mariano.

Jacques a réservé la plus grande suite du palace. Une suite impériale, dont la superficie dépasse largement celle de l'appartement de mes parents. Que l'on se trouve dans la chambre, le salon, ou la salle de bains en marbre de Carrare, l'océan se perd dans l'horizon depuis chaque fenêtre. Comme aux Vaux-de-Cernay, les vases accueillent des bouquets tous plus fournis les uns que les autres, et une bouteille de champagne bien frappé patiente dans un seau en argent. Près d'un canapé tendu de tissu crème, l'accessoire indispensable d'un séjour tel que Jacques l'imagine a préalablement été installé. Il s'agit d'une chaîne hi-fi. Lors de nos quelques trajets en voiture, déjà, il m'a fait partager son goût pour l'opéra et la musique classique : Mahler, Beethoven, Chopin sont les alliés de sa sérénité. Peu à peu, ils sont aussi devenus les miens. Quand on commence à aimer quelqu'un, on ne peut s'empêcher d'aimer tout ce qu'il aime, jusqu'à trouver beau ce qu'on aurait peut-être détesté s'il n'avait pas été là. Ainsi, on espère se rapprocher un peu plus de son univers, de tout ce qui lui fait du bien pour, en somme, entrer dans la peau d'un alter ego indispensable.

Ce week-end-là, dans une boutique biarrote où nous avons pénétré tous deux, pend sur un cintre une petite robe blanche. À manches courtes, toute bête mais joliment coupée, relevée par une poignée de minuscules boutons de nacre. Il me soutient mordicus que me l'offrir n'est « rien », sinon un geste répondant à l'envie farouche de me faire plaisir, de me gâter, comme personne ne l'a fait jusqu'ici. Plus tard, il en fera même une chanson, intitulée *Les Petits Boutons de nacre*, qu'il me dédicacera sur scène.

De retour à l'hôtel, il insiste pour que je range correctement la robe, sa méticulosité maladive lui faisant dire sans cesse : « Le désordre est le premier signe de la misère. » Ou encore : « Dans les hôtels, le meilleur moyen de tout se faire voler est de ne rien ranger. » J'apprends qu'il tient ce souci de l'ordre de ses multiples passages en pensionnat, tout comme il a gardé l'habitude d'être toujours bien mis, les ongles faits, les souliers cirés. Des qualités qu'aucune femme ne saurait bouder.

Soigneusement, il a ordonné lui-même ses affaires dans la penderie et le tiroir de sa table de nuit. Sur la tablette du lavabo en porcelaine, tout à fait perpendiculairement au miroir de la salle de bains, il dépose un flacon de Knize Ten. Je découvre alors l'étiquette originale d'un parfum rare et méconnu, introuvable, sinon à Vienne ou à la Pharmacie anglaise de la rue de Castiglione. Ce parfum est celui que j'ai respiré à distance raisonnable quelques semaines plus tôt, lorsque Jacques, en quittant Strasbourg, m'avait proposé une place à bord de sa berline. Je le respire maintenant dans son cou, y enfouissant mon visage et l'enlaçant très fort.

C'est le début d'un conte de fées qui va durer dix ans...

– 3 –

À un journaliste belge qui l'interrogeait sur son palmarès de patriarche, Jacques répondit un jour :

– Je n'ai jamais compté sur mes doigts avant de faire l'amour.

Il avait aimé, tout simplement, et fait six enfants à trois femmes différentes. Deux chacune. David et Élise, nés en 1961 et 1965, sont les fruits de sa passion avec Annie Lefèvre. Il avoua s'être roulé par terre après son départ, avoir déchiré en mille morceaux ses livres préférés et arraché la moquette de leur appartement, avant de la manger. Dans les années soixante-dix, son chemin avait ensuite croisé celui de la pétillante Danièle Evenou. Leurs fous rires résonnaient aussi fort que leurs disputes, mais deux garçons naquirent de cette union libre : Frédéric, en 1973, et Jean-Baptiste, en 1976. Avec son plus ancien complice, Jean Yanne, et la pleine époque du « Petit Rapporteur », revue d'actualité satirique et terreau immuable pour les franches rigolades, Jacques se plaçait sur une pente ascendante. Pas de quoi mettre du temps de côté et s'occuper comme il faut d'une famille. À son tour, Danièle le quitta, éclipsée consentante d'une carrière qui se bâtissait. Rageur, il détruisit les murs du salon au marteau et arrosa les tapisseries d'izarra verte, une liqueur basque à base d'armagnac.

Quatre ans plus tard, enfin, l'envoûtante Cécilia, remarquée lors d'un dîner à la Maison du Caviar, se targua de vivre avec « l'homme le plus connu de France ». Elle s'unit à Jacques le 10 août 1984 ; ils agrandirent la famille dans la foulée avec deux petites filles. Pour elle, il parvint à se guérir de la drogue qui l'empoisonnait depuis le départ de Danièle. La cocaïne, dans laquelle il avait plongé lors d'un séjour outre-Atlantique, lui faisait pousser des ailes. Sous son emprise, il s'était rendu compte que son écriture était transformée, belle, efficace. Et qu'une pièce de théâtre entière pouvait être écrite en une seule nuit. Néanmoins, apprenant qu'il allait devenir père pour la cinquième fois, il se sevra tout seul de cette addiction, en s'enfermant une semaine entière dans sa chambre, attaché sur son lit.

Vu ce contexte, en le rencontrant, je ne prétendais pas figurer, un jour, sur la liste de celles qui avaient compté. Je m'étonnais juste d'être aussi à l'aise avec un homme qui aurait tout à fait pu être mon père. Jacques savait se montrer entourant, rassurant et attentionné. Il ne me promettait rien et je ne lui réclamais, d'ailleurs, aucune garantie sur l'avenir. Simplement, je me laissais faire, aimant chaque jour un peu plus l'entendre me dire : « Je suis un magicien ! »

*
**

J'ai fait la connaissance d'une partie de sa « tribu » un dimanche de mai 1989. Pour le vingt-quatrième anniversaire d'Élise, sa fille aînée, Jacques avait organisé un déjeuner familial au Fouquet's, en présence uniquement de ses plus grands enfants, David, Élise, Frédéric et Jean-Baptiste. Sans doute avait-il pris soin, quelques jours auparavant, de les informer de mon existence. En chemin, il n'avait eu de cesse de me tranquilliser, répétant à l'envi :

– Tout se passera bien, tu verras. Ce sont mes enfants : ils ne vont quand même pas te mordre !

De fait, le déjeuner s'est déroulé sans le moindre accroc. Le caractère un peu officiel de mon intronisation dans le cercle des Martin fut très naturellement atténué, voire éclipsé, par la bonne humeur qui régnait à table. Je me souviens d'éclats de rire qui fusaient et de sketches à répétition, mais aussi de la veste que Frédéric avait empruntée à son ministre de beau-père, Georges Fillioud, omettant de retirer la barrette de sa Légion d'honneur ! Et aucun, parmi ceux que Jacques avait réunis autour de lui, ne m'interrogea avec insistance, ni ne chercha à me faire sentir différente d'eux. Conscients des moments difficiles que leur père avait traversés lors de son dernier divorce, je crois modestement qu'ils se réjouissaient de le voir enfin heureux.

J'appris, plus tard, comment Jacques vivait la distance qui les tenait éloignés de ses bras, et comment il distribuait ses largesses, tout en attendant que l'amour de sa progéniture vienne jusqu'à lui.

Dès lors, mon quotidien s'est transformé à la vitesse grand « V », laissant place à la surprise, à l'imprévu, aux coups de tête ; entretenant de façon étourdissante l'idée que tout – absolument tout – pouvait arriver. Plus rien n'était impossible. Toutes les envies avaient leur place dans ma vie, dans la nôtre.

Celle de Jacques se résumait à un verbe : partir. Ma troisième et dernière échappée belle clandestine avec lui fut New York, que je ne connaissais pas. Aussitôt après l'enregistrement de « Dimanche Martin », encore maquillé, il avait sauté dans la voiture et m'avait rejointe à Roissy. Nous avions voyagé en Concorde, pour gagner toujours plus de temps.

New York le dopait, lui insufflait une énergie hors du commun. Il chantait encore plus fort, me faisait danser encore plus vite, riait de plus belle, parfois même pour un rien. Nous marchions du matin au soir, du Queen's à Soho, de Manhattan à Brooklyn, et l'une de mes plus grandes fiertés fut de constater à quel point mon anglais, meilleur que le sien – il le parlait avec les mains ! – l'épatait. Nous ne regagnions le Helmsley Park Lane et notre chambre au quarante-quatrième étage, avec vue sur Central Park, que le temps d'enfiler une tenue plus habillée, avant de rejoindre Broadway et ses comédies musicales.

Jacques avait ses habitudes un peu partout dans cette ville, d'où il avait rapatrié certains concepts d'émissions de télévision, comme « Incroyable mais vrai ». La gastronomie locale avait peu de points communs avec ses goûts culinaires, lui qui persistait à dire que « si les Américains sont gros, c'est uniquement parce que ce qu'ils mangent n'a pas de goût. Quand ce qu'on a dans l'assiette a du goût, alors on mange moins ».

Ce n'était pas un collectionneur mais il se serait damné pour les chaussures de chez Florsheim. La boutique avait beau compter parmi les moins reluisantes de New York, il y trouvait de quoi chausser ses pieds larges. Ce jour-là, comme lors de chacun de ses passages, il décida de renouveler son stock et acheta une vingtaine de paires d'un coup, héritant du surnom de « Bingo man », dont l'affubla le vendeur.

Plus rien ne comptait lorsqu'il était là-bas. Plongé dans le gigantisme de cette ville démentielle, il se transformait en Monsieur Tout-le-Monde, se payant le luxe de faire le pitre – et même la manche en pleine rue – devant de parfaits inconnus. Se faire oublier était l'un des canaux de son équilibre. Avec le temps, cela devint un besoin vital.

Parce qu'il s'intéressait à moi, à mon maigre passé de fille unique, ce voyage me permit de lui conter mon expérience américaine. L'histoire de cœur, aussi, que j'avais vécue avec Mike à Portland, mais également en France. Amoureux éperdu, cet étudiant en architecture un peu plus âgé que moi m'avait fait la surprise, peu avant ma rencontre avec Jacques, de débarquer à Paris. Pour payer son billet d'avion, il avait revendu sa fameuse Mustang rouge, sa chaîne stéréo et tous les effets personnels susceptibles d'avoir un minimum de valeur. Plutôt que de m'attendre, comme nous nous l'étions juré, Mike avait préféré prendre les devants sur la vie. Après avoir changé quelques dollars en francs, il m'avait appelée d'une cabine téléphonique de l'avenue des Ternes. J'avais découché plusieurs nuits pour le retrouver dans la petite chambre de son hôtel de la rue Poncelet, dans le dix-septième arrondissement. Là, nul besoin de mentir à mes parents qui étaient au courant de notre aventure américaine... Mais, paniquée à l'idée qu'il hypothèque son avenir pour moi, qu'il se sacrifie, j'avais convaincu Mike de rentrer aux États-Unis, l'aidant à acheter son billet retour. Il y croyait vraiment. Moi, j'avais bien trop peur.

*
**

J'ai cessé de jouer les hôtesses dans l'émission en juillet 1989. L'espace d'un court instant, le fait que je rende mon tablier a sans doute dû faire plaisir à ma mère, elle qui redoutait par-dessus tout que j'attrape la grosse tête à force de passer à la télévision. Promue collaboratrice artistique, j'accompagnais désormais Jacques dans ses galas, sans jamais mettre un pied dans les bureaux de sa maison de production. « Ton œil compte », m'avait-il dit, lui, le perfectionniste, soucieux de pouvoir s'en remettre à un regard extérieur. Je mettais également à profit mon sens de l'organisation afin de préparer tous ses déplacements. Décidément, cet homme avait la bougeotte ! Il ne le criait pas sur les toits mais adorait se produire ailleurs, parfois dans de petites villes de province, simplement pour s'amuser. Il eut des rôles de récitant dans quelques œuvres lyriques, chanta *Le Roi David* et tint la main de la cantatrice Jane Rhodes dans l'opéra-bouffe *La Belle Hélène*, enregistra *Le Carnaval des animaux* de Saint-Saëns et *Pierre et le loup* de Prokofiev pour une collection intitulée « Jacques Martin raconte la musique aux enfants ». Dans *La Machine à remonter le temps*, il se glissait dans la peau de Mozart et Pierre Petit dans celle de Beethoven, jouant du maquillage pour mieux y croire lui-même. Il courait après la reconnaissance, regrettant de ne pouvoir prouver au monde entier qu'il n'était pas qu'un clown ou qu'un animateur populaire, déplorant que ce soit toujours par hasard que le public découvre le livre, la partition, ou la pièce de théâtre qu'il avait écrits. Alors, bien souvent, il se servait de ses émissions pour montrer ce qu'il savait faire. « Dans nos métiers, on a du talent ou du succès. Jamais les deux », pensait-il. Je n'ai jamais été d'accord avec lui là-dessus.

*
**

Pour notre premier été, Jacques avait tenu à m'emmener dans un village des Alpes-Maritimes qu'il connaissait bien, et où son ami Paul Ceuzin avait acquis une villa : Tourrettes-sur-Loup. L'endroit avait en outre le vague parfum de son enfance, puisque sa sœur Michèle et lui avaient, étant petits, coulé leur première brasse dans la région. Ce village médiéval était en quelque sorte le repaire de son cercle rapproché, où il aimait louer une maison les deux mois d'été. L'émission s'arrêtant généralement à la mi-juin et ne reprenant que le 20 août, cela lui laissait tout le temps de rassembler autour de lui ceux qu'il ne voyait pas – ou peu – le reste de l'année : ses enfants.

Pour ces « vacances portes ouvertes », chacun allait et venait comme bon lui semblait, mais surtout en fonction de l'alternance des gardes entre parents divorcés. Je me souviens avoir attendu avec impatience, cette année-là, l'arrivée de Judith et Jeanne-Marie. Les filles de Cécilia nous rejoignirent à mi-parcours des grandes vacances, flanquées de leur baby-sitter attitrée et les valises pleines de tenues ravissantes. Blondes et bronzées, jamais avares de câlins, elles me suppliaient de leur organiser des chasses au trésor ou de les accompagner au club d'équitation voisin. Je voulais qu'elles soient heureuses, qu'elles en profitent. Amadouer les enfants pour avoir le père est un grand classique, mais je n'ai pas eu besoin de jouer à ce triste jeu des faux-semblants : j'aimais déjà trop Jacques, enfants compris, pour ne pas avoir à lui prouver quoi que ce soit. Je brûlais des pellicules photo entières pour immortaliser leur candeur, moi qui pouvais enfin me montrer et non – comme ç'avait été le cas certains mercredis précédant l'été – me cacher dans une chambre pendant qu'elles rendaient visite à leur père à Neuilly.

Dans la piscine, les concours de plongeon entre Jacques et ses fils aînés se succédaient, les uns montant à califourchon sur les autres. C'était comme si chaque enfant redécouvrait son père et inversement. Ainsi, à l'une, il apprenait à nager ; à l'autre, il prêtait un livre ; à celui que ça intéressait – David, en l'occurrence – il proposait de passer derrière les fourneaux ; avec Frédéric, il se livrait plutôt à une sorte de concours des meilleures farces.

Je compris assez vite quel plaisir il trouvait à s'installer là-bas plusieurs semaines d'affilée : éclatée par un divorce et deux séparations, sa structure familiale se reconstituait. Jacques n'était pas dupe quant à son caractère éphémère mais n'en profitait que davantage encore. Moi-même, cette longue plage de sédentarité me comblait. Bien sûr, les escapades avaient encore leur place dans notre paisible emploi du temps. Il y avait toujours un bateau à louer – comme le *Fantastic II* – pour rejoindre San Remo et ses ruelles. Les photos que j'ai gardées de cette époque nous montrent tous habillés de blanc, un large sourire aux lèvres. Sur un autre cliché, on aperçoit Judith faisant un câlin à son père, tendre corps-à-corps dont on devine qu'il ne survenait pas aussi souvent qu'il aurait dû.

*
**

Tu parles d'une pose ! Dans les premières pages de *Télé 7 jours*, voilà qu'on me voit déambuler sur le marché de Tourrettes-sur-Loup. La première photo volée par les paparazzi me montre en compagnie de Jacques Joubert, l'ami de Jacques, un panier à légumes sous le bras. Je suis loin de me trouver à mon avantage.

– Laisse-les dire, laisse-les faire ! me console Jacques. Moi, je sais qui est la plus belle.

Ainsi les médias s'étaient-ils chargés à notre place de révéler à la France entière quel était le visage de « la nouvelle compagne de Jacques Martin ». Une information qui, relayée avec empressement par le voisinage, n'avait pas pu échapper à ma mère, bien qu'elle soit déjà au courant. Avant les grandes vacances, je l'avais en effet invitée au restaurant pour « officialiser » ma relation avec Jacques. J'avais profité d'un jour où sa pause déjeuner était un peu plus longue que d'habitude pour passer la chercher à son bureau, rue de Rome. Et, comme pour me faire pardonner cette « infidélité », j'avais brûlé toutes mes économies afin de lui offrir un collier en or. Elle m'avait appris, ce jour-là, que ma copine Valérie n'avait pas su garder le secret de mon histoire d'amour.

Ma mère tirait sa fierté d'avoir travaillé toute sa vie, au prix de grands sacrifices. Moins d'un an après ma naissance, alors qu'elle-même avait à peine dix-huit ans, elle avait pris la décision de poursuivre sa vie en célibataire. Cette très jolie jeune femme avait-elle à ce point si peu d'atomes crochus avec mon père, dessinateur et militant du *peace and love*, pour en arriver à pareille extrémité ? Je ne l'ai jamais su et le sujet était même tabou. Enfant, je ne me suis d'ailleurs jamais posé la question de savoir si elle était heureuse ou non. J'imagine que oui, même blessée par la mort d'un couple auquel elle avait cru. Mon beau-père, Yannick, est entré dans nos vies alors que je commençais tout juste à marcher. C'est lui qui m'a élevée et qui plus tard, par le biais d'une adoption simple, est devenu mon père.

En grandissant, je ne devais voir mon père biologique que quelques week-ends, éventuellement quelques semaines de vacances, lorsque je prenais l'avion – seule – pour le rejoindre à Montpellier. Sa vie, si décalée, me faisait peur et je trouvais difficilement ma place auprès de lui, qui paraissait si complice avec mon demi-frère, Virgile. Ma grande timidité, elle, ne faisait pas le poids.

Mon père a ensuite disparu de la circulation, sans écrire ni laisser d'adresse. Je ne l'ai revu qu'à la mort de sa mère, le temps d'une ultime déception, puis il s'est évaporé à nouveau. Je sais qu'il vit quelque part, mais où exactement ? Mon oncle paternel, Michel, s'échine à suivre sa trace, ignorant à quoi cela peut bien servir sinon à se dire qu'il a encore un frère qui respire quelque part sur cette Terre.

L'annonce de mon départ de la rue de la Chine, peu après mes dix-neuf ans, n'a donc guère surpris ma mère qui, l'air pressé et le visage clos lors d'un second déjeuner, n'est pas restée longtemps assise en face de moi. Après que je lui ai fait part du projet que nous avions, Jacques et moi, d'emménager ensemble dans son appartement de l'avenue de Madrid, elle m'a tout simplement dit :

– Vis ta vie, je ne chercherai pas à t'influencer.

Mais saches que tu t'engages dans une histoire difficile et compliquée.

Plus je lui confiais les multiples bonheurs que je découvrais avec Jacques, plus elle semblait désarçonnée. Elle perdait son statut de guide dans ma vie, même si elle n'avait jamais fait de projets très précis pour moi.

Le déjeuner s'est trouvé écourté par le froid malaise qui pesait entre nous deux. Cette liaison insolite la choquait. Ou bien s'inquiétait-elle pour moi ? Elle me voyait, impuissante, sur le point d'hypothéquer ma jeunesse. Elle se consolait en se disant « ça lui passera ». De quoi avait-elle peur ?

Car pour avoir peur, elle avait peur ! Un soir où, avec empressement, je venais de jeter dans le tambour de la machine à laver la jupe blanche Chanel que Jacques m'avait offerte et sur laquelle un serveur de la Coupole avait renversé un grand cru, je la vis passer une tête dans la salle de bains et me lancer :

– Tu vas vivre des moments fabuleux. Mais plus tard, tu les paieras très cher.

– 4 –

Léo était une Espagnole d'une cinquantaine d'années, toujours trop maquillée et les ongles peints en vermillon. Elle fumait cigarette sur cigarette, gardant toujours dans la poche droite de son tablier un paquet rouge et or de Fortuna, que Jacques lui rapportait par cartouches entières lors de chaque déplacement à l'étranger. Elle, elle ne voyageait qu'une fois par an, au mois d'août, et toujours à Madrid. Elle y avait un petit pied-à-terre, son principal loisir estival se résumant à des séances de bronzette sur les plages de Torremolinos.

Son célèbre patron l'avait littéralement extirpée de sa loge de concierge rue Pergolèse lorsqu'il avait acheté – avec Danièle Evenou – son appartement au 11 bis, avenue de Madrid.

– Léo est la femme la plus fidèle que j'aie eue, disait Jacques.

Et pour cause : elle était restée, contre vents et marées, demeurant tout à la fois sa cuisinière – elle préparait le gratin dauphinois comme personne –, sa femme de ménage, son valet. Elle avait pris l'habitude des exigences de Jacques et ne se serait jamais risquée, en préparant ses affaires de scène, à poser près de sa valise un pantalon à l'ourlet incertain. Concentrée sur les fourneaux ou debout devant sa planche à repasser, elle ne disait jamais « non » à un petit verre de porto, qu'elle s'autorisait plus ou moins en douce. Elle et Jacques vivaient comme un vieux couple, qui s'engueule mais qui s'adore. Le soir, il fallait littéralement la mettre à la porte pour qu'elle rentre enfin chez elle.

Dans ce grand appartement de trois cents mètres carrés de l'avenue de Madrid, Léo fut tout d'abord une présence consolante. Moi qui craignais de m'y sentir perdue, elle m'aida à y prendre mes marques, bien que deux autres avant moi y aient vécu.

– Monsieur Martin, il gâte trop ses femmes, martelait-elle, en roulant les « r ».

Toute employée de maison qu'elle fût, jamais Léo ne se gênait pour dire le fond de sa pensée. Le dernier divorce en date de son patron ne l'attristait pas outre mesure, sinon « pour les petites », dont elle continuait de faire le lit. Dans sa grande mansuétude, et très probablement pour la remercier de le supporter, c'est d'ailleurs à elle que Jacques avait fini par offrir un collier en or qu'il destinait à Cécilia avant le départ de celle-ci.

Le confortable appartement dans lequel je m'étais installée en septembre 1989 occupait tout le troisième étage d'un immeuble Art déco. Jacques, qui se passionnait pour la décoration, avait conçu son aménagement comme on élabore une mise en scène. Pointilleux, il avait lui-même dessiné la plupart des meubles qui trônaient dans le salon, délestant chaque pièce du moindre vestige de sa vie d'avant. J'avais rapporté de la rue de la Chine très peu de mes effets personnels – qu'aurais-je fait, de toute façon, de mon mobilier d'étudiante ? – et lui s'était occupé de tout mettre en œuvre afin que je me sente chez moi.

À sa demande expresse, je devins en quelques semaines la maîtresse des lieux, commandant les fleurs qu'il aimait dans une boutique bien définie, choisissant ses fruits préférés chez un primeur et pas un autre.

– Tu n'es pas ici en invitée, m'assurait-il, sans m'avouer non plus que j'étais la nouvelle femme de sa vie.

Mais il y avait une chose qui ne trompait pas : nous étions déjà, lui et moi, inséparables.

En y repensant, je crois qu'à ce stade de ma relation avec Jacques, le regard que je portais sur notre amour était à la fois plein d'espoir et d'interrogations. « Tu n'es pas comme les autres », « tu es différente », disait-il souvent, me laissant entendre que je l'apaisais chaque jour un peu plus. Coutumier de femmes appréciant d'être dans la lumière, comme lui sur le devant de la scène, il goûtait à ma douceur ainsi qu'à la tranquillité de mon affection. Je restais dans l'ombre jusqu'aux abords des nombreux plateaux qu'il foulait de ses pieds, de ses chants, écoutant ce qui se passait autour de lui sans oser m'en mêler. Une docilité peut-être excessive, mais une docilité qui me convenait, et tout à fait fidèle à ce que j'étais au fond de moi, quelles qu'aient été mes rébellions d'adolescente.

Ma ressemblance « trait pour trait » avec sa mère au même âge revenait fréquemment dans les propos de Jacques, tandis que je découvrais un homme à l'exact opposé du tyran que l'on avait bien voulu me décrire. Il est vrai que je désamorçais toute crise ou tout haussement de ton, refusant d'entrer dans un jeu où le dernier qui crie a raison. Réputé pour ses colères monstres au théâtre de l'Empire – c'était un perfectionniste et lui-même se qualifiait de « gueulard » –, jamais il ne s'emportait en privé. Au contraire. Il me protégeait avec bienveillance, et plus il faisait barrage contre ce qui pouvait me blesser, plus je me rapprochais de lui. Plus il m'écoutait, plus j'avais envie – et besoin – de me livrer.

– Attendez un peu qu'il vous dévoile sa face cachée. On en reparlera dans deux mois ! m'avait-on dit.

J'avais superbement ignoré cette remarque, me référant à l'harmonie qui régnait dans notre couple. Face à moi se tenait un homme debout, encore plus vivant que les jeunes gens de mon âge, faisant tout oublier des trente-sept années qui nous séparaient. « Il sait ce qu'il fait », me confortais-je. Je ne me sentais dupe de rien, décidée à n'être là que pour donner, en échange de tout ce qu'il m'apportait sur le plan de l'humanité, de l'art de vivre et de l'attention amoureuse.

Dans le même temps, un manque considérable de confiance en moi venait assombrir le tableau de ce grand amour naissant, déjà empreint d'une réelle complicité. Il n'aurait pas fallu gratter beaucoup le vernis recouvrant la toile pour découvrir que je ne me trouvais que très peu de qualités et pas beaucoup de culture, à plus forte raison comparée aux femmes que Jacques avait connues.

« Être jeune, belle et pétillante ne suffira jamais », me répétais-je. Ou encore, hantée par l'idée d'être un jour une ignare démasquée : « Il finira par s'ennuyer et se rendre compte que je ne suis pas aussi intelligente que cela ! » Sa grande amie Annie Schneider incarnait à mes yeux la femme idéale. *Sa* femme idéale. Celle qu'il lui aurait fallu. Brillante directrice d'une société de communication, drôle, amatrice éclairée d'opéra et dotée d'une solide culture générale, Annie avait croisé la route de Jacques en même temps que celle des ondes. À l'époque de RTL, elle lui avait demandé de mettre sur pied quantité de galas, bras dessus, bras dessous avec l'insolent Jean Yanne. Lui qui avait tant de choses à partager, tant de savoirs à échanger, que pouvait-il bien me trouver sinon la promesse d'une seconde jeunesse ?

En outre, je me disais que la concurrence avait été rude avant mon arrivée. On rêve toujours de faire mieux que la dernière, d'aimer et d'être aimée encore plus fort, de devenir l'unique et l'indétrônable. Mais on craint également, parfois, de n'être là que pour essuyer les plâtres d'une nouvelle vie à reconstruire et d'apprendre un beau matin qu'on n'a, finalement, été qu'un agréable pansement collé sur les blessures du passé. Aussi, trouver sa place au beau milieu d'une histoire qui se terminait ne fut pas chose aisée pour la fille de vingt ans que j'étais et, de temps à autre, il m'arrivait d'être jalouse de celles qui n'étaient pourtant plus là. Cécilia la première, que Jacques avait dû aimer très fort.

*
**

– On ne peut pas repartir sans rien prendre !

Je revois Jacques, l'air déterminé, taper du pied sur le trottoir de la 57e Rue. M'entraînant dans la plus belle boutique Chanel de New York, il avait tenu ce jour-là à m'offrir mon premier tailleur de grande marque. J'avais beau refuser, il insistait avec force. Moi qui ne voulais surtout pas endosser la panoplie de la parfaite petite poule de luxe, encore moins qu'il s'imagine que j'étais là pour l'inciter à dépenser son argent, j'eus toutes les peines du monde à lui faire entendre que cet achat était superflu. Mes douces protestations furent peine perdue ! Nous sortîmes du magasin avec un ensemble veste et jupe bleu marine et blanc, qu'un sac à main à chaînette coordonné vint immédiatement compléter.

Si révélatrice soit-elle des excès dont Jacques était capable, cette anecdote illustre surtout la propension qu'il eut à me façonner. Je me demande même s'il ne s'en était pas fait un devoir, avec l'application que cela induit. Il l'avait lui-même écrit en ces mots : « À force de caresser la femme que l'on aime, on finit par lui donner la forme de son désir. » Mais il semblait si persuadé que j'apprendrais « tellement plus » avec lui que jamais le plaisir qu'il prit à guider mes pas ne me parut feint ou, pire, relevant d'une quelconque stratégie. Il me « voulait du bien », tout simplement. Il voulait que je fasse des progrès, que j'apprenne à m'habiller, à lire, à découvrir, à parler. Amoureux de la langue de Molière, et en sérieux précepteur, il me reprenait fréquemment – même en public – sur mon vocabulaire. C'est ainsi que disparut de mon champ lexical le mot « habits » au profit de « vêtements », et que les « euh » ponctuant la plupart de mes phrases se firent de plus en plus discrets.

Et, de fait, j'ai tout appris de lui grâce à ses formidables talents de conteur. Bien plus que je n'en aurais appris sur les bancs de la Sorbonne, où m'attendaient les études de tourisme auxquelles je me destinais, mais dont l'intérêt s'émoussait peu à peu à mesure que je passais du temps à ses côtés. Nos voyages remplacèrent mes livres et mes classeurs ; nos sorties et nos lectures se substituèrent à tous les diplômes possibles.

J'avais la naïveté de mes vingt ans, au sens où je l'entends : une naïveté culturelle, sociale, affective. Une autre fille que moi, marquée par le même passé familial et souffrant des mêmes manques qu'il avait engendrés, aurait-elle pu se priver consciemment du puits de savoir, de l'humour, de l'aura, de la prestance d'un homme comme Jacques ? À partir du moment où ni ma dignité, ni ma fierté n'étaient mises en cause, quel intérêt aurais-je eu à me draper dans un isolement orgueilleux en refusant de le laisser combler les vides qui me hantaient ? Il s'agissait d'une emprise, certes, mais elle valait le détour. À aucun moment je n'ai regretté d'avoir fait de Jacques à la fois mon Pygmalion et mon père de substitution. J'étais la victime consentante de son endoctrinement, de sa voix, de son irremplaçable présence. Jacques fut la chance de ma vie et lui-même, serait-ce avec ironie, savourait son statut en ces termes : « J'envie le prochain ! Je t'aurai tellement bien formée ! »

*
**

Sans que jamais nous nous disions que nous allions passer notre vie ensemble, nous voyions défiler les jours, les semaines, les mois à une vitesse fulgurante. Aucun lundi ne ressembla à un autre ; aucune soirée ne se déroula au même endroit. En m'emmenant un peu partout dans Paris, Jacques m'offrit un passeport pour le monde. Tel cocktail sous les ors d'un ministère, tel souper en compagnie d'un ténor, tel déjeuner à la table d'un homme politique ou d'un chef d'entreprise. Nous sortions beaucoup. De temps à autre, il fallait bien se plier aux usages et organiser à la maison quelque repas – que dis-je : quelque festin ! – conviant autour d'une omelette aux truffes ou d'une poêlée de cèpes un patron de chaîne de télévision, des amis triés sur le volet et surtout, surtout... aucune figure du show-business. La liste des courses était généralement interminable et les ingrédients introuvables. Mais

Jacques ne lâchait jamais prise, prêt à traverser la capitale, et même le département s'il le fallait, pour régaler ses hôtes à la hauteur de sa propre gourmandise. Un péché inscrit dans ses gènes, son illustre grand-père maternel ayant servi comme cuisinier du tsar Nicolas II à la cour de Russie avant d'ouvrir son propre restaurant à Lyon : L'Universel. Une maison de renom, d'où sortit le père de Paul Bocuse, et qui valut à Joannès Ducerf une solide réputation de chef. Autant dire que j'avais tout intérêt à prendre le pli dès que nous passions à table, à plus forte raison celle d'un étoilé.

Invitée un week-end au restaurant du Carlton, à Cannes, j'eus notamment un mal fou à finir mon troisième plat. J'avais beau essayer, et m'être délectée de tout ce qui avait précédé – à commencer par la visite des cuisines –, rien n'y faisait. Distraitement, je faisais tourner ma fourchette autour du coquelet à la moutarde qui avait suivi d'un peu trop près les filets de rouget, lorsque Jacques me dit, les yeux noirs :

– Ne me fais surtout pas cet affront, Céline ! Il n'y a rien de pire pour un chef que de voir revenir une assiette à moitié pleine !

C'est ainsi que je terminai l'intégralité du plat, jusqu'à m'en rendre malade.

Cela dit, après deux décennies passées à écumer en vrac les meilleurs restaurants, les canapés de chez Castel et les soirées VIP, Jacques aspirait davantage aux retrouvailles intimistes et exclusivement amicales. Et c'est chez Annie Schneider que je partageai avec lui nos soirées les plus chaleureuses, les plus sympathiques, les moins m'as-tu-vu. Chaque année, cette fidèle amie organisait dans son appartement du dix-septième arrondissement un Noël avant l'heure. Avec le temps, cette fête devint un rendez-vous inamovible dans nos agendas. Nous y croisions aussi bien des éditeurs que Pierre Bénichou, Philippine de Rothschild – perpétuellement visée par les blagues de la frange masculine de l'assemblée – ou ce producteur de séries roses dont la particularité était d'être chaussé, quelles que soient les circonstances, de baskets. J'entends encore nos rires mêlés résonner de la cuisine au salon.

D'autres amis avaient pour lui le secret de ce genre de retrouvailles chaleureuses. Eddie et Caroline Barclay en faisaient partie, chez qui j'ai eu la déveine, un soir, de casser le talon d'un de mes escarpins. Je me revois claudiquant maladroitement face à Johnny Hallyday, puis cherchant dans cet appartement de l'avenue de Friedland ne serait-ce qu'un recoin en guise de cachette. Impossible de filer à l'anglaise. Je passai alors ma soirée à décortiquer le décor du producteur le plus connu de France, apparemment féru – ou était-ce sa jeune épouse ? – de peluches, pampilles et autres cadres-photos au clinquant incomparable.

Personne, cependant, ne pouvait égaler le talent de Pierre Botton en matière de réceptions. Une pure complicité de Lyonnais les unissait, Jacques et lui, qui avaient également en commun une sincère générosité. J'avais souri en apprenant que la comédienne Jacqueline Maillan habitait le même immeuble que Botton, sis à mi-chemin de la tour Eiffel et du

Trocadéro ; Jacques, pour sa part, appréciait la présence sur place d'excellents traiteurs et de gens d'esprit, invités, comme nous, à découvrir sur la table leur cadeau de bienvenue.

Peu à peu, ses amis devinrent les miens. Et plus le fossé se creusait entre mon quotidien et celui de mes jeunes fréquentations, plus mon carnet d'adresses personnel se réduisait à une peau de chagrin. Mes parents me manquaient, mais je faisais régulièrement un crochet par chez eux pour ne surtout pas couper les ponts. À la fois par pudeur et par orgueil, ma mère, en revanche, n'aurait jamais avoué se languir de sa fille. Et, même racontées avec un réel recul, mes quelques anecdotes noyées sous les paillettes et les strass lui inspiraient un profond dédain. Mais j'avais bon espoir qu'elle et Yannick se ravisent et se rendent à l'évidence de mon bonheur. Ce qui, finalement, arriva.

J'avais parfaitement conscience de m'enfermer avec Jacques dans une bulle qui, certes, m'isolait de mon propre monde, mais m'apportait la réassurance dont j'avais tant besoin.

– Je ne tiens pas à ce que tout le monde sache où je vais, ce que je fais, avec qui et comment, m'avait-il expliqué quelques mois après notre rencontre, émettant le souhait que je prenne mes distances avec Valérie, la fille de Babeth.

Dès lors, il fut inenvisageable de me confier à ma meilleure amie. Fini les secrets soufflés au creux de l'oreille. Fini les fous rires et les confessions échangées sur un bout de canapé, comme autant de scoops post-adolescents. Valérie et moi nous voyions de moins en moins...

Reste que j'étais prête à faire ce sacrifice. Il était indolore à l'époque, car seul Jacques comptait à mes yeux.

*
**

Je n'avais pas vingt ans mais vingt-quatre. C'est, en tout cas, ce que Jacques avait pris l'habitude de dire à celles ou ceux qui l'interrogeaient sur mon âge. Avait-il honte de la vérité ? Sans doute pas. Peut-être me voulait-il plus mûre, plus « dame » ? Il attachait une grande importance au choix de mes tenues vestimentaires, soucieux de la contenance que celles-ci pouvaient me donner. Il fut, très tôt, d'une générosité à toute épreuve envers moi. Totalement déraisonnable, même, au point de sortir parfois d'une certaine réalité. Combien de fois l'ai-je vu revenir à la maison les bras chargés de... boîtes à chaussures ! Posées au beau milieu de la cuisine, parmi les fruits et légumes du marché, s'étalaient jusqu'à dix paires de sandales, escarpins, ballerines. Il me les faisait essayer les unes après les autres, sans même me laisser le temps de m'asseoir. Tout un symbole, de la part d'un être resté traumatisé par l'inconfort extrême des galoches à semelles de bois qu'il enfilait, enfant, chez les jésuites.

Cela dit, malgré ses cadeaux somptueux, Jacques savait « économiser ». Il avait fait fortune tard dans sa vie, en l'occurrence à compter du moment où il avait produit ses propres émissions avec Paul Ceuzin : il connaissait la valeur de l'argent et du travail qu'il faut fournir avant d'en profiter. Sans être matérialiste, il thésaurisait beaucoup, se rappelant sans cesse que tout pouvait disparaître aussi vite que cela était apparu.

Cependant, il aimait trop faire plaisir pour se priver de quelques dépenses. Dès les premiers temps de notre vie à deux, mon coffre à bijoux bénéficia ainsi d'un luxueux réassort. Oh, il ne comptait ni rivières de diamants, ni « cailloux » rarissimes ! Non. Jacques se plaisait d'abord à courir les ventes aux enchères, dans lesquelles il adorait dénicher une jolie broche Art déco ou un sautoir d'époque. Les pierres qu'il chinait par ailleurs atterrissaient la plupart du temps chez l'un des joailliers de la rue Saint-Honoré, auquel il donnait ses consignes pour que le montage des gemmes soit conforme au dessin qu'il avait imaginé. Les joyaux signés René Boivin avaient sa préférence, à l'instar de ce bracelet en or massif, dont le fermoir à clip était à triple détente, faisant alternativement apparaître le métal précieux soit à nu, soit pavé de brillants, soit incrusté de pierres d'une autre couleur ! Il se donnait tant de mal, y compris pour verser dans l'excès inverse et dépenser des fortunes en parures extrêmement classiques...

Avec un certain attendrissement, et la satisfaction évidente d'être à ce point gâtée, je devinais toutefois que, sous couvert de me donner le goût des belles choses, Jacques m'offrait avant tout des cadeaux qui lui plaisaient personnellement. Et je dois avouer qu'il était fort doué pour déguiser la volonté de me voir porter ce qu'il aimait en rite initiatique ! À l'évidence, ma préférence se serait portée sur des pièces plus actuelles, plus modernes. Mais au bout du compte, une broche offerte par l'homme que l'on aime, on finit par la préférer.

*
**

Les rumeurs allèrent beaucoup plus vite que la réalité. Et les médias s'empressèrent de faire de moi la nouvelle Madame Martin – « encore une ! » relataient-ils en première page –, sans attendre la moindre annonce officielle de ce qui n'était alors qu'une relation, pas même une union. Le jeu faisait naturellement partie intégrante du métier de Jacques, mais certainement pas de mes habitudes de vie. Lui qui nourrissait un respect infini pour son public comprenait parfaitement que quelques admirateurs l'arrêtent dans la rue sans ménagement pour réclamer un autographe, ou qu'on me complimente dans la file d'attente de la boulangerie pour me confier qu'on « adorait » mon « mari », ce qu'il n'était d'ailleurs pas encore. Il arriva également que de parfaits inconnus s'approchent de notre table au restaurant, puis achèvent de dîner gentiment avec nous, mais de manière tout à fait éhontée, au simple motif qu'ils avaient croisé Jacques « à un feu rouge de Rouen en 1976 » ! Leur idole, si télégénique, en souriait toujours, m'expliquant :

– Je ne peux quand même pas leur dire de partir ! Ces gens-là déjeunent avec moi tous les dimanches !

Il ne fallait rien y voir d'autre qu'une familiarité qui s'était développée, avec le temps, autour d'un petit écran, ce dont je pris finalement le parti.

Ma gêne, en réalité, était tout autre : je ne me trouvais pas à ma place. Qu'avais-je fait pour mériter tant d'attention ? Avais-je tenu un micro, un public en haleine une seule fois dans ma vie ? Non. Avais-je été à l'origine des fous rires de millions de Français et couvert des centaines d'enfants de cadeaux après les avoir fait monter sur l'estrade d'un décor ? Pas davantage. Je ne comprenais même pas comment plusieurs paires d'yeux à la fois pouvaient se poser sur moi et autant de lèvres me complimenter. Des égards tellement peu justifiés qu'ils en devenaient indécents. Il suffisait d'un regard appuyé se dirigeant vers moi et j'avais l'impression d'être comme nue. À force, d'ailleurs, on ne sait même plus si ces coups d'œil veulent dire qu'on est jolie, célèbre, choquante, ou juste mal coiffée, le brushing de travers. S'offrant à l'Audimat et à la critique chaque semaine sur scène, Jacques, lui, ne pouvait plus s'en passer. Il ne faisait rien pour que cela s'arrête et s'avouait heureux que les gens l'aiment. Je n'ai jamais été jalouse de ses fans, pas plus que des femmes qui s'approchaient de lui à la manière de fauves, se lançant dans un numéro de charme d'avance voué à l'échec. Je me sentais juste gênée...

Fort heureusement, le jeu de la notoriété nous procura de belles crises d'hilarité. Je ne compte plus le nombre de petits déjeuners en amoureux mis en scène par les photographes que certains hebdomadaires, friands de l'intimité des stars, dépêchaient jusque dans notre cuisine. En plein après-midi, au nom du sacro-saint réalisme, nous étions chaleureusement invités à enfiler un peignoir de bain blanc, et à faire mine, autour d'une table, de nous délecter de viennoiseries déjà desséchées par les sunlights. Infiniment plus doué que moi pour le maquillage – dessiner une ombre ou un sourcil –, Jacques y mettait du sien et en profitait généralement pour me délivrer quelques bonnes astuces tout droit venues des loges d'artistes. Forcément, quelques fleurs devaient trôner sur la table et la corbeille de fruits frais assortie à la nappe disparaissait aussitôt l'équipe photo envolée. À d'autres reprises, encore, il fallut prendre la pose, enlacés, près d'un violoncelle dont personne ne jouait à la maison. Que je me trouvais sotte dans ce genre de comédie !

Jacques, lui, riait de ces mascarades inhérentes à la célébrité moderne. Moi, je prenais surtout dans ces divertissements factices la mesure de mon insignifiance, au début. Qui étais-je ? Quel était mon métier ? Jacques ne voulait pas entendre parler de « ça » pour moi. Il a toujours refusé que je m'investisse dans la vie active. L'espoir, un jour, de travailler plus concrètement encore à ses côtés, d'acquérir des responsabilités, même en dehors du strict périmètre de sa société de production, était en train de s'amenuiser.

Je n'avais de cesse de revendiquer mon indépendance, y compris financière, refusant de vivre à ses crochets. Mon épanouissement, aussi, aurait dû passer par là. J'aurais grandi un peu plus, fait mes preuves aux yeux des autres et au nom d'une logique sociale, pas toujours très heureuse, qui veut que l'on ait un vrai métier pour exister. Par amour, j'y avais renoncé. Jacques ne s'était pas adapté à mon âge, mais moi au sien. Jusqu'au jour où j'ai dû me sentir vieille. Assez vieille pour accepter la vie qui m'était offerte, sans plus avoir l'âge que j'avais.

– 5 –

Noël, vacances, anniversaires... Noël, vacances, anniversaires... Lot commun de la très grande majorité des parents divorcés et de leurs enfants, cette trilogie régnait en parfaite maîtresse chez les Martin père et fils, comme père et filles, lorsque je suis arrivée dans leur vie. Littéralement aplatie par le rouleau compresseur de trois séparations, la famille s'avérait éclatée et les liens au sein de la fratrie étaient distendus. Personne ne prenait jamais de nouvelles de personne mais l'on se retrouvait quand même, au gré d'occasions préorchestrées, comme si de rien n'était. D'où ces longs étés à Tourrettes et ces quelques rares voyages en compagnie des trois ou quatre plus grands enfants, histoire de sceller une entente devenue fragile faute de temps, faute d'envie, faute d'amour exprimé. Un pur gâchis à mes yeux.

Aussi, très tôt, me suis-je employée à rapprocher tout ce petit monde, tentant de faire prendre le ciment entre les uns et les autres, et de mettre un peu d'engrais sur une terre à laquelle on tient mais dont on se persuade qu'elle s'accommode très bien de la jachère. À travers Jacques et ses enfants, je découvrais un drôle de monde, inconnu, où l'on ose à peine se serrer dans les bras, encore moins se dire « je t'aime ». L'application que je mettais à inciter mes belles-filles et mes beaux-fils à faire avec leur père ce que le mien n'avait pas fait avec moi était une chose très naturelle. Rester les bras ballants, passive devant cette situation m'eût été impossible. Longtemps, j'ai cherché à comprendre s'il existait un manque, de part et d'autre de cette longue filiation. J'ai fini par comprendre que l'homme qui partageait ma vie s'était habitué à ce que l'amour vienne d'abord à lui, avant d'en donner lui-même. Il fallait aimer Jacques afin qu'il puisse vous aimer à son tour. En outre, l'affection que lui portaient ses enfants était, selon lui, un dû. Mais il aurait fallu que, une fois ceux-ci arrivés à l'âge adulte, s'instaure le désir de tisser quelque nouvelle complicité, une once de partage entre un père et sa progéniture, perdue de vue de trop nombreuses années.

Maintes fois, Jacques tenta l'expérience avec David, son aîné. Et ce aussi loin qu'un père puisse le faire pour son fils. De toute la famille, ce sont d'ailleurs eux deux qui parvinrent le mieux – mais non sans mal – à maintenir le cap d'une relation à peu près stable. Comme à ses frères et sœurs, Jacques avait assuré à David que l'école ne servait « à rien » et qu'une bonne dose de témérité avait plus de poids dans une vie que n'importe quel baccalauréat. Autant dire que la maxime n'était pas tombée dans l'oreille d'un sourd. Ce qui n'empêchait pas son père de veiller sur son avenir, Jacques permettant ainsi à son fils d'acquérir un premier restaurant. Le local fut acheté dans l'une des rues les moins connues de Paris et baptisé « L'Introuvable ». Comme un parent supervise le déménagement de son enfant dans une chambre d'étudiant en province ou à l'étranger, Jacques donna à David toutes les cartes pour bien faire. Il fouilla même dans ses cartons ramollis par l'humidité, à la cave, pour offrir une seconde vie à une presse pour canard au sang et à d'émouvantes photos de famille sur lesquelles Joannès, son grand-père cuisinier, posait fièrement en tablier. Pour autant, les cartes que Jacques mit entre les mains de celui qu'il imaginait volontiers en chef de famille suppléant ne tinrent pas toutes leurs promesses. Face à cet échec, on incrimina les lacunes propres à un gestionnaire débutant, qui avait vu trop grand. Mais Jacques aida encore, en propulsant David derrière les fourneaux du théâtre de l'Empire, où il régala des cars entiers de spectateurs affamés, avant de lui ouvrir en grand les portes de la télévision.

Pour n'importe lequel de ses enfants, Jacques aurait agi de la même manière. Il n'était pas homme de conflit et refusait jusqu'à la gestion des coups de fil de ses ex-conjointes ou femmes, me laissant superviser le calendrier d'une garde parentale vaguement alternée. À moi de faire preuve d'une extrême souplesse afin qu'aucune vague supplémentaire ne vienne se greffer au tumulte qui, déjà, régnait autour de nous.

En revanche, il ne se débinait pas lorsque l'un de ses enfants appelait la nuit, aux prises avec une crise conjugale ou une scène de ménage un peu trop riche en décibels. Il n'y avait alors pas plus rapide que lui pour enfiler un jean et voler au secours de l'intéressé, m'embarquant comme coéquipière et espérant qu'aucun voisin, réveillé dans son sommeil, n'avait eu la mauvaise idée d'alerter le commissariat. Question de réputation.

Des virées nocturnes et impromptues, nous en fîmes aussi lors de très belles occasions.

– Viens vite, papa ! Mon fils est né ! avait hurlé David dans le combiné, une nuit, nous appelant de la maternité.

Jacques venait tout juste d'avaler un somnifère pour apaiser l'une de ses angoisses sourdes et s'endormir paisiblement, et cette coïncidence provoqua chez nous un fou rire mémorable. Luttant contre la fatigue, Jacques avait dû redoubler d'efforts pour monter dans la voiture, que j'avais conduite jusque dans le dix-septième arrondissement. Les paupières lourdes et les jambes en coton, il s'était agrippé à mon bras pour pouvoir en sortir. À la clinique, sa somnolence avait finalement fait place à sa très vive émotion de grand-père. Je me rappelle que, ce jour-là, il avait promis à une équipe de puéricultrices – elles aussi à bout de forces – de restaurer le calme dans la nursery.

– Ils braillent tous ? Ne vous inquiétez pas : avec ma voix de baryton, ils vont s'endormir immédiatement.

Et ça avait marché ! Je ne sais plus quelle comptine Jacques avait entonnée mais les quelque douze berceaux présents dans la pièce se turent les uns après les autres, laissant bouche bée le personnel médical.

J'aimais voir cohabiter chez Jacques cette image d'homme à la fois si liant, versé dans la faconde, et celle d'un être d'une très grande fragilité intérieure. Les naissances, les mariages, les baptêmes lui mettaient toujours la larme à l'œil.

Un autre événement le bouleversa, à l'occasion cette fois de l'un de nos nombreux voyages aux États-Unis.

Jacques avait un demi-frère, Alain, né des amours de Germaine, sa mère, avec Félix, qu'elle avait épousé en secondes noces lorsque sa sœur et lui étaient encore au pensionnat. Parce qu'il était arrivé après, et qu'il était le symbole proclamé d'une vie qui repart de zéro, Alain fut un enfant très gâté, très choyé comparativement à Michèle et à Jacques. Les deux frères ne s'étaient pas vus depuis des lustres lorsque Jacques émit le souhait que nous allions rendre visite à Alain au Nouveau-Mexique où, à la suite d'une succession de déboires professionnels, celui-ci avait cherché à « rebondir », comme on dit. Pour tout eldorado, Alain s'était trouvé un restaurant à Santa Fe, dont nous découvrîmes qu'il rencontrait un succès somme toute très relatif. Surtout, Jacques avait été choqué par les conditions de vie de son demi-frère et n'avait cessé de se lamenter en imaginant ce que sa mère aurait pensé de tout ça de son vivant. Il en avait pleuré toute la nuit, à l'hôtel, hoquetant à côté de moi dans le lit, rongé par une compassion fraternelle et une tristesse infinie. J'avais senti, ce soir-là, qu'une foule de souvenirs enfantins remontait à la surface de son cœur.

Peu de temps après, d'ailleurs, j'acceptai de descendre à Lyon avec Jacques, où il aimait renouer avec ses racines. Celles-ci se comptaient sur les doigts d'une main, prenant tantôt la forme d'un théâtre de Guignol, d'une place sur laquelle il avait joué enfant ou bien du marché aux halles, tantôt le visage de lointaines cousines, comme celui de l'illustre Mère Richard, réputée pour ses fromages.

Plus encore, la ville de Lyon demeurait associée à la sépulture de Germaine. Sur la tombe de sa mère, chaque Toussaint que Dieu fit, Jacques et moi n'arrivions jamais les mains vides. Avant de se rendre au cimetière de la Guillotière, Jacques s'arrêtait devant la boutique du fleuriste en double file, me laissait ouvrir la portière et me délivrait toujours la même recommandation.

– Tu en prends plein ! Un beau bouquet ! Des jaunes, des orange, et les plus belles, surtout !

La tombe fleurie, nous emmenions Félix déjeuner au restaurant. Veuf, le beau-père de Jacques s'était abandonné à un laisser-aller dont il ne rougissait plus, lui, l'ancien ingénieur brillantissime délibérément engagé sur la voie de la clochardisation. Dans son appartement lyonnais, Félix amassait tout : emballages, couverts en plastique, étiquettes, bouchons de liège, pots de yaourt en verre, bouts de ficelle, vieux journaux et enveloppes vides formaient de multiples monticules un peu partout dans chaque pièce. Dans les magasins, Jacques le rhabillait de pied en cap, bien décidé à renouveler sa garde-robe mitée. Las ! Le lendemain, Félix renfilait son chandail rétréci, sa chemise élimée aux manches et ses chaussettes trouées. Une provocation dont le vieil homme ne se lassa jamais et qui lui valut dans le quartier, de longues années encore, le surnom de « président des clochards ».

Enfin, la tournée des grands ducs s'achevait immanquablement par une halte chez la sœur de Jacques, Michèle. La fidèle, la douce, la généreuse, l'exemplaire Michèle. Il était étonnant de voir à quel point Jacques admirait sa sœur. Il l'enviait, aussi, de pouvoir réunir si facilement ses cinq fils et sa fille autour d'elle, à la manière d'une famille modèle. Unie. Chez elle, les tablées n'avaient pas seulement le parfum du poulet grillé-haricots verts-pommes de terre et de la crème caramel : elles sentaient bon l'amour et le partage. Tout simplement.

J'aurais bien aimé, moi aussi, connaître le goût du réconfort instantané que procure un retour aux sources et ce genre de retrouvailles. Mais ma propre famille, déjà si petite, était à l'époque en train de se disloquer. Le couple que formaient Yannick et ma mère, fragilisé par des disputes muettes dont toutes les répliques m'avaient échappé tant mes parents avaient à cœur de me les épargner, fit le choix de se séparer. La décision avait été longuement mûrie, au moment où Yannick tentait une reconversion dans la confection industrielle de lingerie, pour finalement ouvrir une agence de location de villas de luxe à Paris. Ma mère et lui s'étaient aimés très fort, et je n'ai jamais réellement compris s'ils avaient eu, ou non, une bonne raison pour mettre un point final à leur histoire.

*
**

C'était devenu la grande blague, le gimmick que Jacques prononçait régulièrement en rentrant le soir à Neuilly. Il claquait la porte de l'appartement et, sitôt celle-ci refermée, m'annonçait sur le ton d'un vendeur à la criée :

– Au théâtre de l'Empire, ils nous donnent encore deux mois maximum !

Évidemment, lui n'attachait aucune importance à ces bruits de couloir, qui le confortaient davantage encore dans l'idée que notre relation faisait des envieux.

Vu de l'extérieur, il faut bien avouer que tous les ingrédients étaient réunis, sur le papier en tout cas, pour que notre idylle capote. Sans doute est-ce ce qu'auraient souhaité les plus jaloux. Une Cendrillon aimée d'un prince presque trois fois plus âgé qu'elle, comment voulez-vous que cela dure au-delà du songe ? Moi-même, je le reconnais, je gardais à l'esprit que rien n'était joué d'avance. Mais relever le défi galvanisait mon énergie. J'ai toujours eu cette réaction face aux situations difficiles que j'ai dû affronter dans ma vie : plus j'ai du mal, plus je m'accroche, plus on me freine, plus j'en fais. Je préfère les histoires impossibles aux histoires faciles. Paradoxalement, c'est en elles que je puise ma force.

Le jour arriva, enfin, où Jacques en eut assez que l'on me prenne pour sa fille et que les fonctionnaires à qui je montrais mes papiers lors des contrôles de police s'esclaffent, refusant de croire que j'étais la compagne du présentateur le plus célèbre de France. À Venise, un automne, il n'eut ainsi aucune peine à trouver un pont sur lequel me demander en mariage. Comment expliquer que je ne m'attendais pas à cette déclaration, tout en l'espérant ? Je l'ai prise à bras-le-corps, comme une immense preuve d'amour de la part d'un homme qui veut y croire encore. Je trouvais Jacques courageux de vouloir s'engager à nouveau, un peu comme s'il voulait se reposer de ses unions tumultueuses et de ses frasques passées. On aurait dit un voyageur qui jette l'ancre, ou un gourmand qui considère avoir goûté à tout et qui récupère en pleine figure le boomerang des envies essentielles. Les filles mirages, les filles d'un soir, celles qui font illusion, le temps d'un verre ou d'une poignée de nuits que l'on écourte volontairement, au petit matin : à cinquante-neuf ans, Jacques avait donné. Je ne parle pas de ses « septennats » avec Annie, Danièle, puis Cécilia. Je parle des entractes entre ces trois plages de vie, lorsque le désir de plaire à nouveau l'emporte sur le reste. Voilà qu'il en était revenu, des charmes des unes et des rêves imaginés par d'autres.

Il ne m'offrit pas de bague mais m'emmena ce jour-là pour une longue balade dans les rues de la cité des Doges. Sans le savoir, il prenait également ma main pour l'éternité.

*
**

Le 20 avril 1992, Céline Boisson devint donc Céline Martin. J'étais heureuse de changer de patronyme, bien que celui-ci représentât à mes yeux la générosité d'un geste qu'eut mon beau-père, Yannick, juste avant mon mariage : m'adopter officiellement.

Le mariage en lui-même n'avait pas nécessité l'envoi de nombreux faire-part sur vélin, seuls les plus proches parents et amis ayant été invités. Parmi l'assemblée, je ne comptai ainsi que ma mère, Yannick, ma grand-mère paternelle, et ma copine d'école Nathalie, qui accepta d'être mon témoin. Aujourd'hui, je peux dire que je tiens de ce moment l'une de mes plus grosses frustrations de petite fille devenue grande. De fait, je rêvais pour ces noces d'une longue robe blanche. Une robe de princesse. Jacques ayant trouvé l'idée « ridicule », il m'invita à me rabattre sur un tailleur Dior blanc crème, « plus simple ». Un ensemble sublime et hors de prix, mais tellement sobre que j'eus presque l'impression de me rendre au bureau en prenant le chemin de la mairie de Tourrettes-sur-Loup, où notre ami Paul Ceuzin, devenu maire, orchestra tout sourire l'échange de nos consentements. Jacques et moi pleurions tous les deux, trois ans jour pour jour après ces Pâques à l'Abbaye des Vaux-de-Cernay. J'avais encore en mémoire l'épais bouquet de roses rouges qui m'avait attendue dans sa chambre ce week-end-là, et l'image de son peignoir japonais dans lequel il s'était endormi la première nuit.

Le village était noir de monde, envahi de badauds et de photographes aux aguets. Les journalistes se mêlaient à la foule et plus personne ne savait où donner de la tête. Quel show ! Loin de toute cette agitation, je pus retrouver un semblant de calme à la Villa Domergue, où se tint un grand déjeuner spécialement préparé par le chef du restaurant de l'hôtel Martinez, La Palme d'Or. Le maire de Cannes avait gentiment accepté de confier à Jacques les clés de cette somptueuse maison construite sous influence italienne, érigée dans les années trente au pied du quartier de La Californie. Depuis les jardins en terrasses, nous pouvions apercevoir les eaux luisantes de la Méditerranée, alanguies sous le soleil de cet heureux printemps.

Bien sûr, c'était la magie absolue, mais je ne suis jamais tombée amoureuse d'un confort, d'un cadre de vie, d'un certain luxe, ou d'une notoriété. J'aimais Jacques, j'aimais l'homme, et celui-ci était devenu mon mari.

Je suis aujourd'hui persuadée que, ce 20 avril 1992, Jacques et moi avons été hantés par une seule crainte : ne pas avoir le même temps de vie. Si l'un des deux part toujours inévitablement avant l'autre, nous redoutions que la machine ne s'accélère rien que pour nous. L'un n'aurait de toute façon pas droit à la même dose de bonheur que l'autre, foi de grande faucheuse. Personnellement, je partais avec la certitude que nous ne finirions pas notre vie ensemble. Non à cause d'un adultère, non à cause d'un divorce. À cause de la mort. Et j'étais paniquée à cette idée-là. Apposées au bas d'un registre de l'état civil, nos signatures valaient donc pour un vaccin contre le temps qui passe. Notre amour, lui, serait à durée indéterminée.

Avant de passer à table, le photographe nous a attirés sur l'un des petits escaliers en pierre qui serpentaient dans le dédale des hauts jardins. Les hortensias n'en pouvaient plus de rougir et la musique des cascades déversant leur eau au centre des bassins d'ornement résonnait comme une berceuse. Autour de nous, David, Élise, Jean-Baptiste, Frédéric, Judith et Jeanne-Marie ont posé sagement. Ajusté leur veston, les volants de leur robe, la mèche sur leur front. « Clic-clac ! » a fait l'obturateur. Je pensais, vraiment, qu'ils resteraient ma famille pour toute la vie.

– 6 –

– Tu pleures, Jacques ?

– Oui... Je ne sais pas ce qui me prend, tout à coup...

– C'est ce téléfilm à l'eau de rose qui te met dans des états pareils ?

– Y a pas de quoi écrire une oraison funèbre, pourtant ! Non, tout ce que je vois c'est que je suis en train de verser des sanglots sur des débilités, sans même comprendre pourquoi. Quel con, quand même, non ?

J'ai posé le roman que j'étais en train de lire et me suis approchée de lui, sur le canapé. Du bout de mes doigts, j'ai séché les larmes qui coulaient jusqu'à son menton.

– Ça va ?

– Mais oui ! C'est bientôt terminé, de toute façon.

Ce jeudi soir de mars 1998, j'ai préféré appeler nos amis et annuler le dîner que nous avions prévu de partager avec eux. La migraine de Jacques s'était accentuée au fil des heures et les aspirines qu'il ingurgitait les unes après les autres semblaient ne produire aucun effet sur la douleur. Lui qui n'avait jamais eu à se plaindre de toute sa vie, pas même d'un malheureux petit rhume, souffrait soudain le martyre, le crâne pris dans un étau. Ses rares médications – remèdes anticholestérol et pilules amaigrissantes – lui étaient généralement prescrites par son ami médecin Jacques Joubert, et il n'était pas question pour lui de mettre les pieds dans un cabinet médical. « Y aller, c'est le meilleur moyen de tomber malade ! » soutenait-il.

– Il reste un peu du bœuf aux carottes qu'a fait Léo ?

– Je crois, oui.

– Et des tomates ? Je mangerais bien une bonne salade de tomates, avec. Ça m'a donné faim, ces niaiseries à la sauce américaine.

– Reste allongé, je m'en occupe.

Mais Jacques ne m'a pas écoutée. Il s'est levé d'un bond.

– Oh là... Je vois trouble, dis donc ! Tu me diras, je suis tellement bon comédien que ça peut aussi être du chiqué !

Je n'ai pas ri et j'ai pris peur, appelant aussitôt SOS Médecins.

– N'exagérons rien ! Je te dis que c'est juste un petit vertige de rien du tout.

– C'est plus prudent, Jacques. Je ne serai pas tranquille, sinon.

Le docteur est arrivé en urgence avenue de

Madrid. Il a demandé à Jacques de s'asseoir sur le bord de notre lit, et s'est mis à l'ausculter patiemment. Tout était normal. À mains nues ou au moyen d'une aiguille, le médecin a soigneusement testé tous les réflexes de son patient qui, hilare, s'amusait des méthodes employées.

– Que sentez-vous, là ?

– Je sens que vous êtes en train de me piquer le pouce !

– Et là ?

– Pareil !

Puis, discrètement, le médecin a saisi le pied droit de Jacques et, dissimulant la manœuvre, relevé le gros orteil.

– Sentez-vous que votre orteil est en haut ou en bas ?

– En haut, évidemment.

Là encore, aucune anomalie, aucune perte de sensibilité, profonde ou superficielle.

– Vous êtes fatigué, monsieur Martin. Il faut absolument vous reposer.

– Vous en avez de bonnes ! Je vous rappelle que j'ai une boutique de trois cents personnes à faire tourner, moi, docteur !

Jacques prenait les choses avec le sourire, tandis que je nourrissais une certaine inquiétude. Mue par un mauvais pressentiment, je finis par appeler son associé, Paul, qui vint immédiatement nous chercher. Domicilié avenue d'Iéna, il mit très peu de temps pour arriver et nous conduisit à l'hôpital Américain de Neuilly.

Aux urgences, nous avons attendu avec lui les résultats de l'IRM et du scanner que les médecins avaient fait pratiquer. Jacques se sentait « bizarre », disait-il, mais demeurait particulièrement calme. Puis, il a commencé à se paralyser. Plus les heures passaient, moins il parvenait à articuler correctement. Nous ne savions toujours pas ce qui se passait mais, à ce stade, personne ne pouvait rien faire de plus que ce qu'il faisait déjà. J'ai appelé David – qui est accouru –, mais préféré patienter jusqu'au lendemain pour alerter Cécilia, avant que ses filles ne risquent de l'apprendre à la radio.

Je me souviens du regard de Jacques. Il me parlait avec les yeux, il m'écoutait, lucide.

– Tout ira bien. Je ne te laisserai pas une minute tout seul.

Je lui tenais la main sur son brancard, Paul lui souriait, piétinant sur le revêtement plastique de cette chambre des urgences, pendant que les médecins cherchaient. Ils ont finalement trouvé et le neurologue m'a annoncé le diagnostic.

– Madame Martin, votre mari est en train de faire un accident vasculaire cérébral. Il s'agit d'un arrêt brutal de la circulation sanguine au niveau du cerveau.

– Une attaque ?

– Nous allons faire le maximum. Dans un premier temps, nous devons vérifier l'absence d'hémorragie cérébrale. Après seulement, nous pourrons lui administrer un traitement à base d'anticoagulants.

Je n'ai jamais trouvé d'autre image que celle d'un monde qui s'écroule pour décrire le gouffre dans lequel nous avons soudain plongé tous les deux. Comme tous les gens qui montent sur scène et entrent dans la lumière, Jacques avait longtemps éprouvé un sentiment d'invincibilité. Il était ce Phénix qui, quels que soient les coups durs, se relevait toujours sous les faisceaux des projecteurs. Peut-être même se croyait-il protégé par l'amour de son public, tellement porté aux nues qu'il ne pouvait pas en redescendre. Et pourtant, soudain... Ne plus pouvoir parler, rire, chanter, bouger : qu'y avait-il de pire pour lui ? Quel vide abrupt ai-je moi-même ressenti ! C'en était impressionnant de violence et de brutalité.

– Il peut récupérer très vite, comme ne pas récupérer du tout, m'ont prévenue les médecins le lendemain matin.

– Il peut aussi refaire un AVC dans les semaines, les mois, les années qui viennent. Peut-être même demain, on n'en sait strictement rien. Ce qui se passe dans le cerveau est trop imprévisible.

L'arrivée inopinée de cette épée de Damoclès au-dessus de nos têtes a littéralement changé la conception que j'avais de la vie et des projets que l'on échafaude en pensant qu'ils sont autant de gages de bonheur. Aujourd'hui encore, je demeure hantée par l'idée que tout peut basculer en l'espace d'un claquement de doigts. En planifiant mes voyages au dernier moment ou en attendant l'extrême limite pour croire à un rêve que je caresse de longue date, j'ai conscience de tout faire pour m'éviter la moindre déception. Je me refuse à bloquer le temps, à croire que les projets sont un moteur, alors que ce moteur peut se gripper sans même que l'on s'y attende. J'ai trop peur qu'il n'advienne quelque chose.

Aussi, quand j'ai su que nous pouvions à nouveau revivre ce cauchemar, que notre avenir ne tenait qu'à l'épaisseur d'un vaisseau sanguin, un seul mot m'est venu en tête : profiter. Profiter de l'instant, de la présence de Jacques, en quelque état qu'il soit, ne rien laisser filer. Vivre, encore, avec lui.

J'ignorais à quel point ce serait difficile. Pour lui, pour moi, et pour notre fille.

*
**

Juliette était née quatre ans plus tôt, le 4 janvier 1994. Jacques allait avoir soixante et un ans. Cette enfant avait longtemps été désirée, mais le fait qu'elle tarde à venir n'inquiétait pas trop son père, optimiste dans l'âme. Me priver d'une maternité sous prétexte d'une trop grande différence d'âge entre nous était, de toute façon, inconcevable à ses yeux. Moi, je trouvais le temps long, et l'envie d'être mère se faisait chaque jour un peu plus sentir.

C'est finalement l'achat de notre maison à Tourrettes-sur-Loup qui, en 1993, a tout déclenché. Mobilisée autour de son aménagement, attachée à l'idée d'en faire un nid au soleil pour toute la famille, j'ai lâché prise mentalement et me suis retrouvée enceinte, enfin !

Juliette a été accueillie comme le Messie. Très tôt, les gens ont dit qu'elle ressemblait à son papa mais que lui-même était méconnaissable, tant cette naissance l'avait apaisé. Jacques était littéralement amoureux de sa fille. Avenue de Madrid, nous avons apporté un soin tout particulier à la décoration de sa chambre. Au sol comme sur les murs, dominaient le blanc et le rose pâle. Prenant les devants, Jacques est même allé jusqu'à compléter le mobilier de sa fille avec un petit bureau d'écolière assorti. Les cadeaux ont afflué des quatre coins de la France, et je garde encore le souvenir des corbeilles garnies emballées avec goût, arrivant quotidiennement par coursier.

Quelque temps plus tard, j'ai néanmoins émis le souhait que nous déménagions : il était temps de dénicher *notre* maison et de dire adieu à certains fantômes. J'ai cherché partout dans Neuilly, écumant les agences immobilières, scrutant les petites annonces parues dans *Le Figaro*, m'appuyant sur notre réseau de connaissances en vue de découvrir la perle rare, de préférence dans une voie privée et avec un jardin. Mais aucune des demeures que j'ai soumises à l'approbation de Jacques ne lui a plu.

Début 1998, une femme m'a finalement abordée dans la rue. Il s'agissait de l'agent immobilier qui, vingt ans auparavant, avait vendu à Jacques l'ancien appartement de l'avenue de Madrid.

– J'ai su que vous étiez en quête d'une nouvelle

acquisition, m'avait-elle dit. J'ai peut-être ce qu'il vous faut.

Sans plus tarder, Jacques et moi avons organisé une visite. Rue du Bois-de-Boulogne se trouvait une maison en brique rouge – je détestais la brique rouge ! – étroite et haute, avec un perron à l'anglaise. La bâtisse n'était plus que ruine. Malgré cela, une obscure fondation y avait installé deux secrétaires qui, au milieu de ce décor de maison hantée, continuaient de prendre quelques mystérieux appels. Ce qui avait dû être une cuisine occupait tout le rez-de-chaussée, le jardin était en friche, les tapisseries aux couleurs criardes semblaient dévorées par l'humidité, et le garage avait l'air d'une décharge à ciel ouvert. En bref, j'estimais l'endroit répugnant et dénué de charme.

– C'est parfait ! s'est exclamé Jacques, gratifiant notre guide d'une légère claque dans le dos. Exactement ce qu'il nous faut !

Et il a promis d'en faire un palais.

*
**

Cloué sur son lit d'hôpital, Jacques s'est très tôt inquiété de savoir ce qu'allait devenir l'émission sans lui. Gêné au début par une bouche partiellement paralysée, il ne pouvait s'exprimer que par des hochements de tête. Paul Ceuzin venait le voir chaque jour afin de le tenir informé des discussions en cours avec la direction de la chaîne. Peu de temps avant son accident, la nouvelle selon laquelle le contrat reliant la Deux à « Dimanche Martin » ne serait pas reconduit était tombée comme un couperet. On prenait pour prétexte l'âge de Jacques, ce qu'il ne supportait pas. Dans un premier temps, il en avait été profondément blessé mais s'était vite repris. Il allait enfin s'adonner à ce qu'il aimait : écrire, donner des concerts, jouer au théâtre... Mais là, il n'allait même pas pouvoir aller jusqu'au bout de son contrat. Et sa première préoccupation fut de savoir qui allait « faire bouffer » ses équipes si lui n'était plus là.

– Et dire que je me suis privé de sports d'hiver pendant trente ans pour éviter de finir la jambe dans le plâtre et que tout le monde se retrouve sur le carreau ! me confia-t-il plus tard.

Au débotté, Jean-Claude Brialy le remplaça pour les quatre dernières émissions du « Monde est à vous ». Il le fit avec classe, avec courage, et par amitié pour Jacques, qu'il avait connu bien avant d'acheter son théâtre. Le choix de faire monter Jean-Claude sur scène plutôt qu'un jeune animateur se voulait également stratégique. À ce stade, je pense que Jacques espérait encore ne pas avoir dit son dernier mot au petit écran.

Deux longs mois s'écoulèrent à l'hôpital Américain. Aucun appel de la chaîne ne vint perturber le rituel des soins qui se succédaient au chevet de Jacques, ni interrompre le défilé de célèbres spécialistes dans sa chambre baignée d'une lumière estivale.

Parmi ces éminents praticiens figurait l'orthophoniste. Un petit homme tout brun et tout frisé, portant un nom à consonance flamande et réputé pour sa faculté à réapprendre la diction. La seule apparition de son visage rondouillard dans l'embrasure de la porte provoquait systématiquement nos rires étouffés. En effet, plus encore que de pouvoir rééduquer le langage en chantant, ce médecin prétendait être à même d'entrer en contact avec des patients plongés dans le coma. Je revois encore Jacques, s'escrimant à fredonner *Pirouette, Cacahuète* en me faisant des yeux ronds comme des soucoupes ! D'une manière générale, il refusait de se donner du mal pour y arriver. Travailleur acharné, il avait pourtant mouillé sa chemise afin de réussir sa vie professionnelle. Là, l'envie lui manquait. Il m'assurait qu'il récupérerait un jour l'usage de sa jambe paralysée et que son bras droit quasi immobile ne le gênait pas, et refusait de rééduquer sa main en malaxant une balle de mousse. « Rien que des foutaises ! » pensait-il sûrement. Je ne savais s'il fallait attribuer sa réaction à un excès de confiance en lui, ou à un manque de volonté patent qui n'était pas pour me rassurer.

De fait, depuis le jour de son accident, je menais tout de front. Je découchais chaque soir pour dormir sur un petit lit installé près du sien. Le matin, je libérais la baby-sitter de Juliette, qui avait momentanément délaissé la chambre de service située à l'étage pour la nursery de notre appartement, et déposais ma fille à l'école. Puis j'empruntais le chemin le plus court dans Neuilly afin de retourner boulevard Victor-Hugo, face à l'hôpital, où je garais ma voiture. Impatiente de savoir si Jacques s'était bien réveillé et si son état s'était amélioré, je filais droit jusqu'à sa chambre, dans laquelle nous avions branché une petite chaîne hi-fi. Il écoutait de l'opéra à longueur de temps, et le changement du CD sur la platine était probablement la seule variation notable de ses journées, qui toutes se suivaient en se ressemblant. Il refusait d'allumer son poste de télévision, de feuilleter la presse, de recevoir qui que ce soit. À la fin de sa première hospitalisation, nous déjeunions d'un plateau-repas auquel il trouvait toujours quelque chose à redire, et j'arrivais juste à temps pour récupérer Juliette à la sortie de la maternelle.

Les premiers temps, celle-ci n'eut pas l'autorisation de venir visiter son père. Je tenais, moi-même, à ce que Jacques reprenne un peu de forces avant de la conduire auprès de lui. Juliette posait beaucoup de questions et ils se manquaient l'un à l'autre.

– Il est où, papa ?

– Il se repose, ma chérie. Tu sais, il était très fatigué.

– Il fait dodo ?

– Oui, il fait dodo. Il est dans un lit et il y a des gens qui s'occupent de lui.

– Ils lui racontent des histoires ?

– Non, il lit ses livres tout seul, tu sais. Il est grand. On ira bientôt le voir.

– C'est où qu'on va aller le voir ?

– Pas très loin de la maison. Tu verras.

Un week-end de mai où Juliette n'avait pas école

le vendredi, je décidai de l'emmener avec moi. Ce fut un moment heureux, gai, sans effusion larmoyante. Quelle différence cela faisait-il, pour elle, que son père se repose dans un lit ici ou à la maison ? Aucune. Jacques n'était plus sous perfusion et voir ainsi sa fille jouer avec la télécommande de son lit lui redonna spontanément le sourire.

Ce n'est que deux ou trois jours plus tard que je fus assaillie par une terrible angoisse. Tandis que je marchais dans la rue, je me suis retrouvée paniquée à l'idée qu'à mon tour, il m'arrive quelque chose. En creux, se dessinait alors l'hypothèse que Juliette n'ait plus aucun de ses deux parents. L'image d'un vide comme celui-ci fut étourdissante et je m'empressai de la chasser de mon esprit, les larmes aux yeux et le cœur serré.

Pendant ce temps, les travaux avançaient dans notre nouvelle maison. Je jonglais entre les réunions de chantier, l'hôpital et les visites de l'appartement de l'avenue de Madrid que nous avions mis en vente. Les acquéreurs potentiels passaient les uns après les autres, sans que cela aboutisse jamais. Des touristes, même, vinrent jeter un œil. Lasse de tant d'allées et venues, je finis un jour par m'allonger sur le canapé en attendant que l'employée de l'agence achève personnellement le tour du propriétaire. Grâce au ciel, cette ultime visite fut la bonne et la promesse de vente signée dans la foulée.

Encore fallait-il que nous puissions loger quelque part... Bientôt, Jacques allait quitter l'hôpital, m'assuraient les médecins, et notre future maison n'était pas habitable en l'état. Notre mobilier partit donc au garde-meubles et je déployai des trésors d'imagination pour trouver la solution miracle.

Cette tâche m'eût été plus aisée si la Coupe du monde de football n'avait pas été organisée en France cette année-là... Les hôtels parisiens étaient pleins à craquer, jusqu'au Royal-Monceau, établissement que nous connaissions bien pour y avoir vécu pendant un mois quelques années auparavant, du temps où une armada d'ouvriers s'affairaient dans notre cuisine de l'avenue de Madrid.

L'idée de se réfugier au Trianon Palace, à Versailles, en attendant de pouvoir enfin emménager, nous fut dictée par l'envie toute simple de nous tenir à l'écart de la foule des supporters, ainsi que des paparazzi.

*
**

– Plus vite il récupérera, meilleur signe ce sera, insista le neurologue en apposant sa signature au bas de l'autorisation de sortie de Jacques.

Des séances de kinésithérapie à domicile lui furent prescrites, et il échappa à un long séjour en centre de rééducation. Avec le recul, je me demande s'il n'aurait pas mieux valu qu'il soit suivi de plus près immédiatement après sa sortie...

Nous avons posé nos valises dans une suite de l'hôtel, suffisamment grande pour que Jacques puisse circuler en fauteuil roulant. Il avait, encore et toujours, ce bras en écharpe, mais trouvait son réconfort dans le trio que nous avions enfin recomposé avec Juliette. En outre, il avait quasiment recouvré l'usage de la parole. Après une telle épreuve, lui comme moi aurions préféré tourner la clé dans la serrure de notre *home sweet home*, mais là n'était pas le plus important. Je savais que la situation n'était que transitoire et la présence d'un infirmier, logé dans la chambre voisine, nous rassurait tous.

Si je devais, aujourd'hui, faire le bilan de ces cent jours, je dirais que je les ai vécus comme un défi lancé à notre couple, une mise à l'épreuve de notre amour. J'éprouvais, presque pour la toute première fois, le sentiment d'être utile au côté de mon mari. J'existais pour lui. J'étais à la fois sa femme, sa béquille, sa protection, son rempart. Je voulais me montrer forte, me sortir les tripes et affronter, avec lui, les moments difficiles. Fidèle à la promesse formulée six ans plus tôt devant monsieur le maire, je n'avais pas seulement été là pour « le bonheur et la santé ». Je l'étais aujourd'hui pour « les épreuves et la maladie ». Pour l'aimer tous les jours de ma vie. Je m'étais fait un devoir de lui montrer que j'étais à la fois capable de gérer, de l'aider et de le soutenir. Cela allait de soi. En une nuit, nos rôles s'étaient brusquement inversés.

*
**

Jacques l'avait crié haut et fort :

– Si la télé s'arrête, je m'en fous ! De toute façon, jamais je ne serais parti de moi-même. C'est pas plus mal comme ça !

Était-ce du lard ou du cochon, dans la bouche d'un homme qui avait donné sa vie au petit écran ? Pour faire taire les rumeurs, dont celle qui disait que Jacques Martin était ruiné, il fit venir à Versailles deux ou trois journalistes de son choix. S'emparant de leur micro, il n'y alla pas avec le dos de la cuillère. À plusieurs reprises, les médias l'avaient donné pour mort. Ces bévues l'avaient profondément touché et voilà qu'il se rebellait.

– Vous leur direz, aux mauvaises langues, qu'on ne m'enterrera pas de sitôt ! Vous n'avez pas fini d'entendre parler de moi, soyez-en sûrs !

Il s'était promis d'écrire des pièces de théâtre, des livres. De changer de peau et d'oublier, un peu, le clown qu'il avait été. Eh bien il le ferait !

Par je ne sais plus quel hasard, l'information selon laquelle Jacques était désormais convalescent avait totalement échappé à deux de ses fils : Frédéric et Jean-Baptiste. Tous deux vinrent un jour à l'hôtel prendre de ses nouvelles, avant de retourner à leurs occupations de jeunes hommes de vingt et quelques années. Peut-être était-ce à l'occasion de son soixante-cinquième anniversaire, que nous fêtâmes le 22 juin. Judith et Jeanne-Marie, pour leur part, avaient passé une tête à l'hôpital Américain, devant lequel il eût quasiment fallu dresser un cordon de sécurité tant Jacques avait envie « d'être tranquille »...

Jacques dormait énormément, prolongeant ses siestes parfois jusqu'à 6 heures du soir. Mais en temps normal, je m'arrangeais pour être rentrée à Versailles, avec Juliette, à l'heure du goûter. Jacques attachait une grande importance à ce moment que nous partagions tous les trois, et que je mettais à profit – s'il n'était pas trop fatigué – pour lui parler des travaux en cours à la maison. Chaque jour, je filmais le chantier et lui proposais de visionner les images, espérant faire diversion face à la maladie. Régulièrement, aussi, je revenais les bras chargés de nuanciers, afin qu'il m'aide à choisir la couleur des peintures et des tissus d'ameublement qui orneraient les différentes pièces. Jacques me laissa carte blanche, n'exigeant qu'une seule chose : pas d'ascenseur à la place des escaliers ! Plutôt mettre trois fois plus de temps à monter d'un étage que de se sentir diminué par l'installation d'un engin inesthétique et, selon lui, « totalement superflu ». Pour un orgueilleux comme lui, l'aider à lacer ses chaussures était déjà une insulte. Alors le contraindre à appuyer sur un bouton en vue d'aller se coucher, certainement pas !

Début juillet, enfin, deux énormes camions de déménageurs stationnaient devant chez nous. J'étais seule pour accueillir ces gros bras et les guider dans la maison. Enfermée à double tour au garde-meubles, la collection de livres de Jacques trouva la première sa place dans une pièce que nous avions réservée à son bureau. Je fis briquer, puis accrocher la vieille hélice de bimoteur qu'il avait chinée au début de sa carrière. Au-dessus de cette antiquité vint se fixer l'enseigne de la Société industrielle d'aviation Latécoère, vestige d'une grande époque qui vit voler Mermoz, Guillaumet, Saint-Exupéry. En dépit de ces divers agencements, je ne pouvais m'empêcher de repenser à cette remarque que Jacques m'avait faite le jour où nous avions décidé de mettre en vente notre ancien domicile, avant qu'il ait son attaque : « Cet appartement m'a porté chance. J'espère que m'en séparer ne me portera pas malheur. » Depuis, j'avais peur que la maison soit définitivement maudite.

Lorsqu'il arriva en ambulance, tout était fin prêt. Émerveillé par le travail de transformation qu'avait fourni l'architecte, il découvrit que ses souhaits avaient été exaucés. Le garage avait fait place à un jardin d'été donnant sur de la verdure, la salle de bains était en travertin et notre chambre à coucher – attenante à un large dressing – habillée de chêne cérusé. « Parfait comme acoustique pour l'opéra », releva-t-il aussitôt. La cuisine, elle, avait été agencée au niveau de l'entresol et des meubles très fonctionnels en alu brossé conféraient à l'ensemble la même allure que les pianos des grands restaurants. Posée in extremis par le menuisier, une rampe, enfin, palliait l'absence du fameux ascenseur.

Le 12 juillet 1998, date historique dans l'histoire du football, nous étions nous aussi devant notre poste de télévision pour encourager la France. Le Brésil fut battu 3 à 0 par les Bleus. Poussés depuis la maison voisine, les « hourrah » de Mireille Mathieu résonnèrent jusque dans notre salon.

– 7 –

Le plus joli compliment que j'aie jamais reçu du temps de notre vie à deux fut prononcé par un ami de Jacques : le compositeur Michel Legrand. « Si je comprends bien, avait-il dit à mon mari, Céline est ta petite rousse de voyage. » Ce bon mot faisait allusion à mes anciennes fonctions, à l'époque où, en tant qu'hôtesse sur le plateau du « Monde est à vous », j'offrais aux candidats des trousses siglées Air France. Mais la formule, surtout venant d'un grand homme comme Michel, m'avait séduite autant qu'elle m'avait amusée. Elle n'a, en outre, jamais perdu de sa pertinence.

En effet, je crois bien avoir fait, main dans la main avec Jacques, plusieurs fois le tour du monde. L'avion était notre seconde maison, les vols long-courriers étaient l'équivalent d'un tour de Périphérique. Nous les prenions dans un sens, dans l'autre, avec une facilité que bien des gens pourraient aujourd'hui encore nous envier. Tout était bon pour s'éloigner de Paris, du théâtre de l'Empire, de la radio, et se rapprocher un peu plus des nuages, excités que nous étions par l'impression de faire l'école buissonnière. Aussi Jacques enchaînait-il l'enregistrement de ses émissions du mercredi au samedi et, à 17 h 05 précises ce jour-là, son chauffeur l'attendait devant le théâtre de l'Empire. Son emploi du temps se voulait dense et immuable, mais il mettait une énergie considérable à tout boucler à la minute près. Je me suis d'ailleurs souvent interrogée sur ses méthodes de travail. Lui qui ne quittait jamais notre domicile avant midi, en bon gros dormeur qu'il était, arrivait à faire un nombre incalculable de choses le reste de la journée. Et il semblait infatigable, résistant au décalage horaire avec une bonne humeur qui ne s'est jamais démentie.

Côté organisation, une fois la destination choisie, j'avais carte blanche. Ma soif de voyager était aiguisée par une réelle curiosité, et la frustration de n'être jamais allée plus loin que la Corse avec mes parents, États-Unis mis à part. Pour moi, avant, l'exotisme avait la couleur d'un tour de l'île de Beauté en Méhari orange, le goût des gâteaux à la noix de coco et la texture du papier argentique sur lequel mon beau-père effectuait ses tirages photos de retour à Paris.

Fou d'Amérique, Jacques m'emmena à plusieurs reprises à San Francisco et à Washington, où il dévalisait les boutiques de prêt-à-porter pour homme. New York était la plupart du temps réservée à la deuxième semaine de septembre, en guise de bol d'air d'après-rentrée. Paul Ceuzin et sa femme nous accompagnèrent une fois à Las Vegas, transformant le séjour en une folie douce et décalée. De notre passage à Los Angeles, où Jacques avait invité ses fils cadets, je garde le souvenir de cette sortie sur Beverly Hills au cours de laquelle il fut question d'offrir à Frédéric son premier vrai costume. Après moult séances d'essayage supervisées par son père, celui-ci était ressorti dans la rue vêtu d'un pantalon moulant à pattes d'éléphant et d'une chemise à col plongeant. La démarche – ici incertaine – mise à part, Frédéric avait tout d'un John Travolta enflammant une piste de danse dans *La Fièvre du samedi soir* ! Il faut parfois se soumettre aux goûts d'un père indécrottable comédien...

Tokyo, Bangkok, Phuket et l'île Maurice font également partie de ce palmarès des découvertes, au même titre que les Seychelles ou l'Irlande. Parcourus à cent à l'heure, la ville, la région ou le pays où nous atterrissions avait presque une utilité prédéfinie. La Thaïlande permettait des escales culinaires quotidiennes dans des bouis-bouis où seul Jacques osait mettre les pieds ; Vienne était dédiée aux concerts de musique classique donnés par le Philharmonique au château de Schönbrunn ou au Wiener Staatsoper, et à l'incontournable achat du parfum de Jacques, le fameux Knize Ten ; à Venise, nous repartions toujours les bagages lestés de *radicchio rosso di Treviso*, cette petite salade rouge et blanche en forme d'endives que nous cuisinions dès notre retour. « Rien à déclarer ? » nous lançaient les douaniers. « Si ! répondait Jacques. Des pâtes et des légumes ! »

Il avait cette faculté de construire ses voyages comme des pièces de théâtre : décor, mise en scène, renversements de situations étaient les ingrédients indispensables d'une virée réussie. Je découvrais, au fur et à mesure, ses petites manies et superstitions de grand voyageur. Envisager un court séjour à Londres ailleurs que dans la chambre 519 du Claridge était, par exemple, totalement impensable. Quitter l'aéroport d'Heathrow autrement qu'en Bentley, « comme la reine d'Angleterre », aussi. Une fois, au moins, j'aurais aimé pouvoir m'installer dans un taxi londonien, mais je m'en remettais à ses yeux d'enfant, attendrie de voir qu'il prenait autant de plaisir à feuilleter – en bon snob – un exemplaire du *Daily Telegraph* préalablement repassé qu'à se balader en short et tongs de plastique sur une île lointaine.

Apprécier les choses simples et avoir à la fois conscience de s'offrir un luxe inouï en glissant vers de pareils délires était l'une des principales qualités de Jacques. Il me le prouva en Alaska, où nous logeâmes dans une cabane posée sur la banquise en nous délectant... de pattes de King Crab. Manger du caviar dans un refuge de haute montagne n'aurait pas été très différent, pas plus que ne l'aurait été l'excès inverse. À savoir – pourquoi pas ? – s'offrir une planche de charcuteries au bar d'un palace.

Quand nous bénéficiions de vacances prolongées, nous préférions nous envoler vers Tahiti. Le coup de cœur de Jacques pour les îles de la Polynésie datait d'avant notre rencontre, et il me fit découvrir cet archipel le cœur grand ouvert. Nous l'explorions d'île en île, mais jamais en touristes. La popularité de Jacques dans ce pays, où il avait tourné *Le Gendarme de Tikeroa* avec l'acteur Papa Mataru, dépassait tout ce que j'aurais pu imaginer. Nous étions accueillis partout avec la même générosité : à l'aéroport, où nous attendaient le maire de Papeete et une limousine blanche, comme dans des gendarmeries improbables et des gargotes nous servant des jus de fruits frais, dont nous regrettions parfois d'avoir abusé tant ils pouvaient s'avérer traîtres. Cette hospitalité valait jusque dans les cases de familles peu fortunées qui n'hésitaient jamais à dresser deux couverts supplémentaires à leur table pour nous faire partager un plat de poisson à la papaye et un bol de riz blanc. Elle s'apparenta, un jour, à de la dévotion, lorsque les habitants de l'île de Huahine firent construire pour leur célèbre hôte un faré portant son nom, et ce à l'initiative du diacre Tiatia. Une cahute d'un étage où les crabes aimaient bien nicher... Enfin, je ne compte plus le nombre de fois où nous avons été mariés, les pieds dans le sable, à la mode tahitienne, couverts de fleurs de tiaré et enveloppés dans des couvertures aux couleurs vives comme les couchers de soleil qui fondaient le soir dans la mer.

Là-bas plus qu'ailleurs, Jacques donnait libre cours à son envie de rencontrer des gens qui portaient, avec et en eux, une véritable histoire. Il se mettait en quête d'authenticité. Et aussi d'originalité ! Un skipper parti de Nice sur une coquille de noix pour s'aventurer sur les eaux bleues du Pacifique ; un riche industriel européen spécialisé dans la volaille découpée reconverti en portraitiste afin d'échapper au fisc et prêt, pour cela, à endurer un climat aux antipodes de sa nature profonde ; ou encore ce serveur, ex-cuisinier de Chez Régine, à jamais marqué par les exigences de la reine des nuits parisiennes, à qui il fallait – disait-il – préparer de la langouste à 3 heures du matin... Là-bas, entre marchés, pêche, nage avec les dauphins et découvertes humaines, Jacques et moi n'avions pas besoin de grand-chose pour être heureux. Être ensemble nous suffisait, et peu importe si nous dormions dans des cases sans électricité, du moment que les souvenirs s'accumulaient.

Tous se sont figés, au fil du temps, sur les films d'une petite caméra que j'emmenais partout où nous allions. Je ne pouvais pas laisser passer cette chance. Je me disais que si jamais un jour je devais me retrouver seule, j'aurais au moins ces images pour me rappeler la richesse de ces moments perdus. Est-ce également pour cette raison que je me suis constitué une petite collection de bricoles tordues ? Le bloc-notes d'un hôtel, un morceau d'écorce de palmier, des coquillages qui avaient la beauté de l'instant et rien d'autre, un paréo lisse de s'être trop frotté au sable, peut-être même le reste d'une chandelle ayant éclairé un dîner : j'ai tout gardé, dans une boîte, dont je n'ose que très rarement soulever le couvercle.

*
**

Après l'accident de Jacques, il ne fut malheureusement plus question de traverser les continents, ni de s'offrir autant d'échappées belles en Europe et plus loin encore. Début 1999, pourtant, le besoin d'aller puiser quelques rayons de soleil loin de Neuilly fut plus fort que tout. Jacques avait repris des forces, abandonné son fauteuil roulant pour une canne et, même s'il n'était plus aussi vaillant qu'auparavant, trois billets d'avion pour les Seychelles furent glissés dans nos bagages : Juliette nous accompagnerait.

Nous avions une idée très précise des vacances qui nous feraient du bien : notre choix se porta sur une petite île privée, située à vingt minutes en hydravion de Mahé. Fregate Island n'était rien d'autre qu'un gros caillou de trois kilomètres carrés jeté majestueusement dans l'océan Indien et qu'un Allemand avait racheté afin d'y faire construire l'un des plus beaux complexes hôteliers au monde. Pas d'immeuble, pas de chambres. Juste seize luxueuses villas réparties en lisière des sept plages de l'île, avec piscine privée et majordome dédié. Mahler et Beethoven firent eux aussi partie du voyage, sous la forme de disques que Jacques passait et repassait en boucle, les persiennes de notre terrasse à demi abaissées.

Ce fut l'un de nos derniers grands voyages au bout du monde avec Juliette. Celui au cours duquel notre fils, Clovis, fut conçu.

*
**

L'accident de Jacques m'avait rapprochée de la religion. Lorsque le malheur frappe, il est vrai, l'envie de placer ses espoirs en une force dite « supérieure » est bien trop tentante. Non que l'on ne se sente pas capable de résister seul, mais parce qu'on se dit qu'un petit coup de pouce venu du Ciel ne sera pas superflu. On voit alors dans la prière une sorte de baguette magique, un miroir divin susceptible de tenir la malédiction, le chagrin et le vide de l'absence à distance. On jalouse presque, aussi, les plus pieux, les plus pratiquants, que la proximité avec Dieu rend si sereins face à la mort.

Dans mon coin, dans ma tête, je récitais donc de temps à autre un *Je vous salue Marie* ou un *Notre Père*, sans pour autant me précipiter dans les églises, si ce n'est pour allumer un cierge ou faire le signe de croix, recueillie sur un banc. Seule, toujours. Pour m'aider à supporter un quotidien aux antipodes de celui que j'avais connu avec l'homme que j'aimais et faire le deuil, déjà un petit peu, de ce que nous avions été.

Au début de sa convalescence, Jacques se débrouillait plutôt bien avec sa canne ou ses béquilles. Je m'attendais à l'entendre ronchonner en escaladant – il n'y a pas d'autre mot – les escaliers, mais il ne se plaignait jamais, ni ne s'agaçait. Je m'en voulais d'avoir cédé pour cette histoire d'ascenseur en le voyant s'échiner, maladroitement et le souffle court, de marche en marche, afin de grimper d'un étage. Je me rappelle notre toute première sortie au Carreau de Neuilly, et les chuchotements des gens sur notre passage. Lui-même sentait les regards se poser sur lui, plié sur sa canne, marchant péniblement. J'avais de la peine ; lui avait sans doute honte. À l'affût de la moindre messe basse, je me transformais en tour de contrôle.

Très attachée à préserver le plus possible l'image de Jacques, et refusant de tirer un trait sur quelques moments privilégiés, je réservais parfois une table dans l'un de ses restaurants préférés. De tout temps, il avait eu ses habitudes chez Jarasse, Le Divellec ou bien à La Marée. Au moment de réserver, je spécifiais vouloir un emplacement à l'écart et si, par hasard, Jacques me suggérait une autre adresse, je rusais pour ne pas l'exposer aux critiques et aux médisances. « Non, pas là, j'ai plutôt envie d'un italien », disais-je. Ou bien : « Allons ailleurs, c'est trop bruyant. » Tous les prétextes étaient bons à inventer. Une fois à table, je me débrouillais toujours pour le faire asseoir dos à la salle. Il était malhabile avec ses couverts, qui tombaient fréquemment au sol. Je préparais donc moi-même ses filets de poisson, ou coupais sa viande en petits morceaux, qu'il enfournait maladroitement entre ses lèvres raidies. Il n'était plus tout à fait le même mais je continuais d'admirer son courage. Aussi, je m'efforçais de positiver un maximum, non sans une certaine résignation. La vie nous avait énormément gâtés ; il fallait, également, admettre qu'elle nous impose ces épreuves.

J'étais pour ainsi dire devenue le bras et la jambe qui manquaient à Jacques. Il m'appelait sans arrêt dans l'appartement, criant à la femme de ménage ou au chauffeur : « Appelez Céline ! Je veux ma femme ! » Ou : « Il faut demander à Céline, d'abord ! » Deux craintes incommensurables cohabitaient alors en moi : celle de le savoir perdu si jamais quelqu'un d'autre s'occupait de lui, et celle de le voir mort, si jamais la Camarde devait à nouveau frapper à notre porte.

À cette époque, la seule image que j'avais de la mort était celle du décès de ma grand-mère paternelle adorée, Marie-Antoinette. Le tout premier être qui m'ait été enlevé dans ma vie. J'aurais donné très cher pour m'épargner la vision de ce corps devenu gris en l'espace de si peu de temps, et le sentiment d'avoir désormais affaire à une enveloppe charnelle intégralement vidée de son âme. Je n'étais pas prête.

Soignée à Paris pour une leucémie, sentant que sa fin était proche, Marie-Antoinette avait voulu rentrer chez elle et faire de sa chambre le décor de ses dernières heures. Chaque recoin de sa maison des Molières, dans l'Essonne, était habité par mes souvenirs d'enfance. Petite, j'y avais passé des week-ends entiers à l'entendre me dire qu'elle aurait aimé avoir une fille comme moi, et des cheveux comme les miens. Des liens indéfectibles et affectivement très forts s'étaient tissés entre nous. Elle qui avait élevé deux fils regrettait de n'avoir pu glisser une touche de féminité dans sa couvée. Drôle, dévouée, catholique pratiquante, d'une énergie que je croyais à toute épreuve, Marie-Antoinette donnait son temps aux autres. De cette femme admirable, de ce modèle de générosité, le curé de la paroisse avait d'ailleurs fait une alliée de choix, notamment pour fleurir l'église, faire le catéchisme aux enfants du village ou aligner les prie-Dieu, bien droit dans l'allée après la messe. Et bien que prouvant sans cesse son attachement à la tradition chrétienne, jamais je ne l'avais entendue faire un seul commentaire sur mon couple.

Jacques – qui voyait en elle une seconde maman – l'adorait. Il avait également adoré la voir déambuler avec émerveillement dans la suite de l'hôtel du Palais qu'il lui avait réservée à Biarritz, le temps d'un long week-end avec nous. Une vraie princesse au paradis !

Inéluctablement, la vieillesse avait cependant fini par gagner du terrain. À quatre-vingt-deux ans, elle dut subir plusieurs transfusions, et je l'accompagnai fréquemment lors de ces séances au cours desquelles, jamais, elle ne se serait départie de son sourire. Puis elle fut hospitalisée... Fidèle à sa volonté, je pris un jour la responsabilité de la transférer jusque chez elle, où Jacques promit de faire venir une infirmière vingt-quatre heures sur vingt-quatre. Les médecins nous avaient dit que ce transport en ambulance risquait de lui être fatal, mais nous avions tellement insisté qu'elle avait pu retourner une dernière fois aux Molières.

La veille de sa mort, Jacques et moi lui avions rendu visite. Sans doute l'avait-il fait rire, puisque je me rappelle son sourire courageux ; sans doute avait-elle tenté de nous parler de Juliette, son arrière-petite-fille, qui avait elle aussi joué dans ses jupons.

Je finis par recevoir un coup de fil, une nuit à 5 heures du matin, de mon oncle Michel, m'annonçant sa mort. Elle s'était éteinte dans son sommeil. Le trajet jusque chez elle fut une véritable épopée, puisque mon pneu se creva en chemin, deux kilomètres à peine avant d'arriver chez Marie-Antoinette. Je me revois totalement paniquée, au bord de la route, appelant à l'aide d'improbables passants : « Aidez-moi ! Je vous en supplie, aidez-moi ! Je viens de perdre ma grand-mère ! » Je pleurais comme une enfant perdue.

Entre-temps, mon oncle avait fait venir le thanatopracteur. À mon arrivée, ce dernier m'invita à pénétrer dans la chambre à coucher. Une odeur acide, puissante, inoubliable, me prit soudain à la gorge. Ma grand-mère portait sur elle chaque pièce du trousseau qu'elle avait elle-même préparé et bien arrangé au bout de son lit, pour le jour où elle partirait. Elle était vêtue d'une chemise de nuit en coton blanc et ses petits pieds étaient enfouis dans des chaussons en laine qu'elle avait tricotés avant de savoir qu'elle était malade. Un seul détail clochait : son maquillage. Trop de fond de teint, trop de fard à paupières, trop de rouge à lèvres. Rien n'allait. Marie-Antoinette n'était plus Marie-Antoinette. Je me retins d'interpeller l'employé des pompes funèbres qui, déjà, repliait sa mallette, pour finalement le héler à la dernière minute et lui dire : « Excusez-moi, monsieur. Mais ma grand-mère n'a jamais mis du rouge à lèvres de cette couleur. » Il l'a démaquillée. Elle était tellement plus belle comme ça.

Marie-Antoinette, et sa voix à l'autre bout du fil, me manquent terriblement aujourd'hui.

*
**

Cette toute première confrontation à la mort coïncide avec un autre fait marquant de mon existence : les retrouvailles avec mon père biologique, disparu de la circulation depuis une éternité. Je n'ai pas le souvenir du moindre appel téléphonique, fût-ce pour un anniversaire. Ma mère ne semblait même pas avoir l'adresse de cet éternel errant. Il a toujours fait figure d'ovni dans nos vies. Je ne lui en ai jamais voulu, car j'attendais peu de lui. Je ne me tenais pas encore assise lorsqu'il s'est séparé de ma mère et lui ne s'est jamais occupé de la sienne, lorsqu'elle était souffrante : qu'aurais-je pu espérer d'un homme comme lui ? Je ne ressentais même pas le besoin de tisser un semblant de lien avec cet être qui ne m'avait ni élevée, ni consolée, ni aidée, ni aimée comme on aime un enfant. J'ai toujours su d'où je venais, et qui étaient ceux que je pouvais appeler « papa » et « maman ». Alors j'ai composé avec l'amour de ceux qui étaient là.

Le jour où Marie-Antoinette est morte, mon père fut le premier arrivé aux Molières, où son frère Michel s'était installé depuis plusieurs jours. Je ne l'ai pas embrassé, lui parlant à peine, regrettant juste qu'il s'inquiète avant tout du sort que le notaire réserverait à telle commode de la maison. Qu'aurait-on pu se dire après tant d'années sans un regard dans lequel plonger et sans moments à partager ? Des phrases aussi banales que : « Comment ça va ? Et ta fille ? Que fais-tu, maintenant, alors ? » Non, certainement pas. Aurais-je dû le mettre face à ses torts et ses responsabilités paternelles avortées ? Je connaissais déjà sa réponse. « Ta mère ne voulait pas que je vienne te voir » ou « Tu sais, ce n'était pas facile », etc. Aucun intérêt. Et puis, était-ce seulement le moment ? Mon unique préoccupation, ce jour-là, était ma grand-mère.

Le premier jour du deuil, Jacques a tenu à ce que nous invitions mon père à déjeuner à la maison, afin qu'il puisse faire la connaissance de Juliette. Ce déjeuner me parut interminable. Mon père y mit fin en une phrase, lancée sur le pas de la porte :

– Je vois que tu es heureuse et que ta fille est jolie. C'est bien.

Il n'est jamais réapparu.

*
**

Le déménagement rue du Bois-de-Boulogne, conjugué à l'arrêt de la télévision pour Jacques, fut pour notre famille l'occasion de prendre un nouveau départ, même si le quotidien demeurait alourdi par les contingences médicales. À la suite de son accident, nous avions découvert que mon mari était diabétique. À moi de surveiller encore plus qu'avant son alimentation, de mesurer sa glycémie et de lui administrer des piqûres d'insuline à heure fixe, afin d'éviter toute complication. Cette contrainte avait beaucoup modifié le rapport à la nourriture de ce gourmet gourmand. Autrefois malheureux d'être en surpoids au point de cumuler les régimes – il riait de son complexe en disant « je suis mince... de dos » –, Jacques, désormais, payait cher le moindre excès. Nous mangions la même chose, mais lui seul grossissait. Il trouvait cela injuste.

Mais son AVC et l'idée d'avoir pu échapper à la mort avaient encore renforcé notre amour. L'envie, aussi, de nous en donner l'un à l'autre encore plus de preuves. Pour autant, l'arrivée de Clovis n'avait rien de prémédité. À Fregate Island, j'avais tenu à laisser faire le destin et m'en était remise au hasard, me disant : « Si Juliette doit avoir un frère ou une sœur, alors cela arrivera. » En fait, je souhaitais plus ou moins consciemment que ma fille ait quelqu'un sur qui s'appuyer si jamais son père venait à disparaître.

Le 23 novembre 1999, Jacques et moi nous sommes rendus ensemble à la maternité de l'hôpital Américain. C'était lui le plus fatigué de nous deux mais il a tenu bon, trop heureux de m'aider à faire naître cet enfant, que nous considérions alors comme un très joli pied de nez à la fatalité. Jacques tournait ce cadeau du Ciel en dérision, jusqu'à dire : « Cela fera une personne de plus à mon enterrement, et une part d'héritage en moins pour les autres. » Mais, symboliquement, la naissance de Clovis portait une signification si forte... La vie dans toute sa splendeur après la peur que tout s'arrête. Tous ne l'ont pas compris, croyant déceler quelque égoïsme dans ce geste d'amour, choqués par le fait qu'un homme – malade, de surcroît – soit père une huitième fois, à soixante-six ans.

Mais à nos yeux, c'était tout le contraire : en redevenant parents, nous atténuions la gravité d'une situation qui nous avait fait du mal. C'était, aussi, une façon de dire que seule notre famille comptait désormais. Jacques s'empressa d'ailleurs d'en refermer le cercle. Il se replia sur nous trois volontairement. Oubliant presque inconsciemment d'inclure ses autres enfants dans cette retraite. Ce fut chez lui un réflexe naturel, mais que l'on me reprocha jusqu'à sa mort.

– 8 –

Elles sont venues à l'occasion d'une séance photo pour *Paris Match*. Judith et Jeanne-Marie prenant leur petit frère dans les bras, se penchant sur son berceau, visionnant, attendries, des vidéos tournées quinze jours plus tôt à la maternité... À quinze et douze ans, les filles de Cécilia ne sont déjà plus des enfants. Leur vie a aussi beaucoup changé et leur entrée dans l'adolescence ne favorise guère le maintien d'une relation avec leur père. Jacques les voit de moins en moins souvent. Je pense qu'elles lui manquent mais sa pudeur légendaire l'empêche d'en parler. De mon côté, j'essaie tant bien que mal d'inviter les uns, les autres, pour déjeuner à la maison ou prendre le goûter. Des passages dont on ne sait jamais s'ils seront annulés à la dernière minute ou pas, et dont Jacques finit lui-même par ne plus les attendre. Je devine qu'il n'y a là-dessous aucun désamour, aucun désintérêt pour ses enfants. Seulement une perte d'illusions. Dans le même temps, il souhaite par-dessus tout ne pas attiser les jalousies et me prie régulièrement de leur cacher tel cadeau qu'il m'a fait, telle sortie que nous nous sommes offerte. Jacques pense que ses enfants l'envient terriblement d'avoir la vie qu'il a, ou qu'il a eue, et les moyens financiers nécessaires au confort dont il jouit aujourd'hui, même malade. Un sentiment qui ne fait que renforcer la ligne de conduite qu'il a toujours adoptée vis-à-vis de ses aînés : les laisser se faire les dents sur leur propre existence, les laisser se tromper, les laisser construire, pour considérer finalement que leur part d'héritage sera le meilleur lot de consolation par rapport à son absence.

Bref, personne ne tente de se rapprocher. Il y a peu de temps encore, Jacques nourrissait des rêves de clan soudé, dont ses rires et sa joie de vivre seraient le ciment, mais c'est comme s'il n'en éprouvait plus la force. Il fuit encore plus qu'avant les problèmes, les grandes discussions, les conflits, terreau bien tassé de ses rapports avec ses grands enfants. La politique de l'autruche est sa défense favorite : ne rien dire pour avoir la paix et observer tout ce petit manège de très loin. Il laisse volontiers l'indifférence s'instaurer autour de lui, pour mieux couver son bonheur à l'abri de sa tanière. L'idée de réclamer de l'affection ne lui viendrait pas à l'esprit ; celle d'en donner quelques marques non plus, cadeaux mis à part, même si je lui ai appris, au fil des ans, à se montrer plus démonstratif. Il le fut à sa façon, des années plus tôt, perpétuant la tradition – sa tradition – d'offrir une voiture neuve pour le dix-huitième anniversaire de chacun de ses enfants. C'est ainsi que Frédéric fut convoqué, un jour, dans le parking souterrain de sa mère, où il découvrit une Peugeot 205 Junior flambant neuve, intérieur jeans. Un cadeau qui suscita chez lui tant d'excitation qu'il l'emboutit immédiatement après avoir mis le contact, en reculant par inadvertance dans un pilier en béton !

Mais pour ce qui concerne l'expression de ses émotions, Jacques a fait depuis longtemps l'apprentissage d'une infinie pudeur. Il ne bronche même pas lorsque ses filles lui montrent un carnet de notes ou un bulletin scolaire signé de la main d'un autre ; tout juste esquisse-t-il un sourire mi-résigné, mi-moqueur, lorsque celles-ci chantent les louanges de leur célèbre beau-père.

Il est vrai que depuis le départ de Cécilia, il a eu le temps de prendre du recul... et qu'il a fini par se faire à l'idée de la fascination qu'exerce son ex-rival sur « ses » femmes.

C'est grâce à Juliette, sa propre fille, que finalement l'humour l'a emporté.

Peu de temps après son accident vasculaire – Juliette avait quatre ans –, Cécilia nous proposa très gentiment de la prendre une journée avec elle, pour lui changer un peu les idées. Nicolas Sarkozy ne présidait encore à l'époque qu'aux destinées de la mairie de Neuilly et put, semble-t-il, passer quelque temps auprès d'elle.

Le soir, quand elle rentra à la maison, à peine avait-elle franchi la porte que notre fille s'écria :

– Je sais ce que je veux faire plus tard : je veux être maire de Neuilly !

Et pendant des semaines, elle n'arrêta pas de vanter les innombrables qualités de sa nouvelle idole, qu'aucun chanteur à succès n'aurait pu détrôner !

Comment ne pas prendre le parti d'en rire ?

*
**

En tout cas désormais, Judith et Jeanne-Marie ne passent quasiment plus aucunes vacances avec nous, ni à Tourrettes, ni ailleurs. Il est arrivé que Judith, après une brouille avec Cécilia, vienne habiter une dizaine de jours à la maison, où elle et sa sœur ont toujours eu leur chambre. Et moi, compatissante envers une mère laissée sans nouvelles de sa fille, d'appeler Cécilia pour lui dire de « ne pas s'inquiéter », que « tout allait s'arranger »... Et de fait, tout s'arrangeait. Mais à part quelques exceptions de ce genre, nous recevons peu de visites.

Je me revois encore téléphoner aux fils de Jacques, tenter de les persuader avec trop peu de mots : « Venez... Venez voir votre père, passer le week-end avec lui... Il n'a pas trop le moral... Venez lui changer les idées... » Mais rien. J'insiste pour que le cercle s'élargisse ; Jacques, le premier, freine des quatre fers.

« Mais qu'est-ce que cette famille ? » me disais-je en substance, heurtée d'assister, impuissante, à pareil gâchis. L'éclatement des fratries, les différences d'âges entre elles ne facilitaient certes pas les rapprochements. Le contexte des ruptures entre leurs parents non plus, ni l'autarcie forcée de Jacques. Néanmoins, je m'interrogeais sur la dose d'amour qui subsistait entre eux tous. Ma naïveté, certes, en prenait un coup, et je comprenais de moins en moins comment un tel éloignement était possible, vivable.

Cette période coïncide également avec l'irruption dans notre vie du formidable docteur Choukroun. Contrairement aux autres praticiens se pressant au chevet de Jacques, lui s'adressait à l'homme, au patriarche, plus seulement au patient.

– Vous êtes père de deux jeunes enfants, monsieur Martin. Votre femme n'a pas trente ans. Arrêtez de vous mettre des œillères et battez-vous ! Habillez-vous seul ! Essayez de manger sans aide, cessez de réclamer votre épouse pour un oui, pour un non ! lui répétait-il.

Ses paroles étaient autant de secousses, voire de véritables tremblements de terre tant elles remettaient en cause la principale habitude à laquelle Jacques avait pris goût, par le passé, dans sa vie professionnelle : laisser faire les autres à sa place. Au travail, ça s'appelle déléguer, et c'est une qualité. Pour un malade, c'est un renoncement. C'est pourquoi le docteur Choukroun lui intimait presque des ordres, que Jacques écoutait... sans forcément les respecter. Mais en ne lui laissant rien passer, ce médecin l'aidait à vivre et à avancer, coûte que coûte. Parallèlement, il lui ouvrait les yeux sur le mal que nous nous donnions pour qu'il soit le plus heureux, le plus serein possible.

Ainsi, par à-coups, il arrivait que Jacques sorte un peu de son isolement. Le 31 décembre 1999, il accepta par exemple de jouer le maître de cérémonie à l'occasion du fameux dîner du XXIe siècle, organisé dans une salle de réception de l'hôtel du Palais à Biarritz. En smoking et robe du soir, une riche clientèle s'était pressée pour venir écouter l'Ensemble orchestral de Normandie, dirigé par Jean-Pierre Berlingen. À l'approche des douze coups de minuit, Jacques s'était emparé d'un micro et avait lui-même décompté les dernières secondes avant le passage à l'An 2000.

– Six... cinq... quatre... trois... deux... un... BONNE ANNÉE !

Je l'entends encore égrener le temps, toujours avec cette mélancolie dans la voix, cette tristesse infinie de n'avoir pas laissé libre cours à sa nature d'artiste.

*
**

Nos déplacements devinrent de plus en plus compliqués. Le seul trajet jusqu'à Biarritz, en juillet 2000, fut une expédition ; mais le baptême de Clovis, en l'église Saint-Martin, un grand moment de bonheur. Nos plus proches amis, dont Annie Schneider, étaient bien évidemment de la fête et nous avons célébré l'événement au restaurant de l'hôtel du Palais. L'établissement était devenu notre Q.G. estival, depuis la vente de la maison de Tourrettes. Jacques en avait eu assez du Sud-Est, et plus particulièrement de la région de Vence, qu'il avait fini par qualifier de « pot de chambre de la Côte d'Azur ». Son opinion sur le sujet variait d'un jour à l'autre – soit il y faisait trop chaud, soit les nuages avaient pour manie de stopper net au-dessus de son toit – mais il ne fut, en tout cas, plus question d'y passer des vacances. L'épisode du braquage du restaurant Bijou-Plage, à Juan-les-Pins, lui avait en outre servi de leçon, lorsque notre dîner avec ses fils Frédéric et Jean-Baptiste ainsi que le patron des cocottes Staub avait été interrompu par l'irruption de deux hommes armés et casqués, attirés par la présence à l'entrée de la limousine d'une riche joaillière parisienne. L'insécurité le hantait, et le coût de la vie lui donnait l'impression de passer pour un pigeon. Quand bien même il en avait les moyens, débourser quatre-vingt-dix francs pour un kilo de haricots verts était devenu inenvisageable.

– À ce prix-là, disait-il, autant les faire monter en collier pour ma femme !

La visite d'une demeure en pays d'Orthe que nous avait proposée une agence immobilière tomba donc à point nommé. Ancienne propriété du célèbre commissaire-priseur parisien Jacques Tajan, le château Lagurgue avait tout de la parfaite maison de famille : un corps de bâtiment principal, encadré par deux tours d'un étage chacune, et un parc au cœur duquel s'épanouissaient pas loin de cinq cents variétés de roses. Établi au XVIIIe siècle sur les rives de l'Adour, à Saint-Laurent-de-Gosse, l'endroit était à taille humaine, doté qui plus est d'une adorable chapelle. À l'intérieur de celle-ci, il n'y avait de place que pour douze prie-Dieu, recouverts d'un velours rouge élimé, étoffe qui contrastait outrageusement avec la nef d'un bleu roi éclatant, bien que fissurée. Le décor de ce lieu de prière – qui comptait encore plusieurs icônes, un encensoir et un long napperon en cotonnade blanche – paraissait figé. Parfaitement identique à celui qu'avait connu la famille Ravignan, qui fit jadis de Lagurgue son fief, comme, après elle, le maréchal d'Exelmans. Notre coup de cœur pour cette maison fut immédiat. Toutefois, je redoutais que nous ne nous y sentions un peu à l'écart.

– N'est-ce pas un peu trop loin de Biarritz ? avais-je demandé à Jacques.

– Et alors ? Au moins, personne ne viendra nous voir !

Une semaine plus tard, nous écumions les brocantes, les salles des ventes et les antiquaires, afin de meubler le château. Jacques fit même l'acquisition de quelques tableaux, ce qu'il n'avait jamais fait jusqu'ici. Nous avions décidé de conserver une partie du mobilier laissé par les anciens propriétaires, mais Jacques prit, une fois de plus, un plaisir infini à mettre en scène chaque pièce de la maison. Nous y faisions de longs séjours, et je sentais bien que nous retissions dans ces lieux un nouveau cocon familial. Les saisons défilaient, marquées par les danses, les petits spectacles et les chorégraphies que Jacques s'amusait à inventer pour Juliette et Clovis. Il retrouvait le moral, dopé par les moments qu'il prenait le temps de partager avec ses enfants.

Il se fichait d'aller mieux ou moins bien : il commençait presque à se satisfaire de son état, revendiquant en permanence son besoin de tranquillité et d'heures de sommeil en suffisance. Bien que rarissimes, les passages éclairs de nos amis conféraient à la maison un supplément de vie. Tout vivait, tout respirait. Enfin.

La grande cuisine du château nous redonnait ainsi l'occasion de dîner à dix ou douze autour d'une grande table, sur laquelle pouvait trôner une dinde que Jacques avait préalablement enveloppée, puis enterrée au fond du jardin avec une grosse poignée de truffes, avant de la farcir dans les règles de l'art et de la recoudre, lentement, usant de gestes souvent assez barbares. L'idée m'était venue d'improviser une basse-cour, confiée aux bons soins du gardien en notre absence. Je finis par détenir une véritable collection de gallinacés, toutes espèces confondues, qui m'étaient livrés vivants... dans des cartons !

Toutefois, cette félicité connaissait de temps à autre des soubresauts moins enchanteurs, comme les crises d'angoisse dont Jacques pouvait être victime. Un aller-retour au supermarché qui durait plus longtemps que prévu et lui, resté à Lagurgue, se mettait dans un état de stress inouï. Je me revois arpenter au pas de charge les rayons de la grande surface la plus proche, hantée par l'image de mon mari guettant notre retour derrière quelque fenêtre de la maison. Dix minutes de retard sur l'heure promise et il m'imaginait dans un fossé avec la voiture et les enfants. Le traitement auquel il était soumis pouvait également le rendre paranoïaque. C'est ainsi qu'il m'attribua une idylle avec le vétérinaire du coin et vit en l'infirmier asiatique qui s'occupait de lui un dangereux espion chinois.

À Neuilly, tout était encore plus compliqué, encore plus lourd à gérer, le protectionnisme que développait Jacques autour de nous atteignant des extrêmes, dont je n'ai mesuré l'ampleur que bien plus tard. Le même jour, il pouvait tout à la fois se montrer à fleur de peau, ou se laisser emporter par des accès de colère particulièrement surprenants. Des éclats de voix qu'il ne fallait mettre que sur le compte des médicaments qu'il absorbait quotidiennement, mais qui continuaient de me heurter par leur profonde violence. Jacques s'énervait parce qu'il piétinait, parce qu'il faisait ses adieux au Zébulon qu'il avait été. Je le comprenais si bien que je finissais par trouver légitimes certaines de ses réflexions, parmi lesquelles : « De toute façon, vous vous occupez tous mal de moi ! » De moins en moins autonome, il insistait pour que ce ne soit pas toujours son chauffeur qui lui donne chaque matin sa douche, mais moi. Je me forçais à refuser, tenant à lui laisser cette part d'intimité. Je me souviens cependant de l'avoir moi-même vêtu et dévêtu, de lui avoir enfilé ses chaussettes et boutonné ses chemises, sous les yeux de Clovis qui – jamais de sa vie – ne l'a connu libre de ses mouvements.

Les mois passant, il ne sortit quasiment plus, rechignant même à m'accompagner pour aller chercher Juliette à l'école. De temps à autre, il l'emmenait faire une ou deux courses, mais jamais davantage. Notre vie s'alignait sur ses humeurs, qui pouvaient être excellentes, comme exécrables. Imprévisibles, aussi, tant l'âge lui jouait des tours et la maladie l'affaiblissait. Lui qui se sentait plus rassuré lorsque la maison était habitée ne supportait pas que celle-ci se vide, quand bien même il dormait ou s'enfermait dans sa chambre, écoutant Radio Classique à plein volume. Son kiné, Frédéric, avait fini par faire partie de son cercle rapproché, venant chaque matin depuis sa sortie de l'hôpital Américain, notamment pour le faire marcher dans le bois de Boulogne. Il franchissait la porte et c'était un peu de lumière qui entrait dans la maison. Patient, dynamique, il tendait une oreille attentive à Jacques et m'encourageait toujours dans tout ce que je faisais pour lui. Il m'aidait à croire que ce n'était pas vain, y compris lorsqu'une crise d'agressivité poussait mon mari à refermer son poing devant son visage, l'air menaçant, geste d'un homme exaspéré de ne plus pouvoir aimer comme avant.

*
**

Deux ans après la naissance de Clovis, j'ai pris l'initiative de m'installer dans la chambre d'amis, au deuxième étage, près de celle de nos enfants. Jusqu'alors surnommée « la petite chambre jaune », cette pièce a conservé son lit d'une personne mais subi un lifting décoratif complet. J'y ai fait poser une tapisserie fleurie dans les tons fuchsia et fixer des rideaux couleur crème, y installant mes affaires, mes repères. Ce fut la meilleure solution que je trouvai pour me reposer pleinement quelques heures, même si tous mes sens restaient en alerte pour Jacques, qui dormait à l'étage au-dessous. Un temps, il souffrit d'apnée du sommeil. Toutes les cinq minutes, je ne pouvais m'empêcher de pousser la porte de sa chambre afin de m'assurer qu'il respirait normalement et que son masque était toujours bien fixé sur son visage. J'étais comme une mère qui veillait son nourrisson, la peur au ventre.

Mais la pire de mes craintes était qu'il tombe de son lit, ses membres peu à peu ankylosés n'étant plus en mesure de supporter le poids que l'inaction et les traitements lui avaient fait prendre. La première fois que j'entendis, du salon, le bruit sourd de sa chute, je n'imaginais pas qu'il puisse s'agir de cela. Allongé sur le dos, par terre, il hurlait :

– Redresse-moi ! Redresse-moi !

Je l'ai redressé, chaque fois que j'ai pu. J'essayais de toutes mes forces, réussissant souvent, échouant parfois, contrainte alors d'appeler à la rescousse Alfredo, le chauffeur de Jacques employé à mi-temps, qui avait pris la responsabilité d'une loge de concierge en face de chez nous.

– Redresse-moi, je te dis !

Il me suppliait du regard pour que je l'aide du mieux que je pouvais. Mes tentatives désespérées donnaient lieu à un ballet qui aurait pu passer pour totalement pathétique aux yeux d'une tierce personne, mais qui n'était qu'un geste naturel pour moi.

J'essayais de le maintenir dans toutes les positions possibles.

– Attends... Attends, Jacques, on va faire comme ça... Voilà...

– Mais non, tu vois bien que ça sert à rien ! Laissez-moi crever !

– Mais si, regarde. C'est bien... Mets un genou dans ce sens-là... Parfait. Donne-moi ton bras, maintenant. Vas-y...

Je puisais mon énergie dans l'amour que je lui portais, dans l'envie que j'avais de lui montrer que j'étais toujours là. Je voulais éviter, surtout, de faire se déplacer les pompiers, les voisins, sans parler des photographes à l'affût.

Et lorsque je parvenais à mes fins, parfois après une bonne heure d'efforts, alors la tension redescendait d'un cran et nous nous endormions chacun de son côté.

– Je dois dire que tu as fait très fort, hier soir. J'ai bien cru qu'on n'y arriverait jamais, me confiait-il le lendemain matin au petit déjeuner.

C'était sa façon à lui de me dire merci et de me rappeler qu'il avait d'abord besoin de moi.

Dehors, les rumeurs allaient bon train. Les tabloïds le disaient ruiné mais Jacques n'en savait rien, plus aucun journal ni revue ne traînant à la maison. Jamais le téléphone n'avait été aussi silencieux et la télévision mutique. Tout juste si je n'avais pas l'impression de braver un interdit en l'allumant en douce, une fois la maison endormie, dans ma petite chambre jaune. En fermant les rideaux, je voyais fréquemment les paparazzi sortir de leur planque et fouiller les poubelles devant chez nous. Une vieille ordonnance, quelques boîtes de médicaments vides auraient fait le bonheur de leur curiosité insatiable. Déplorable spectacle !

Le week-end, nous pénétrions dans un autre monde encore. La femme de ménage prenait ses jours de repos, le chauffeur, Alfredo, également. Plus question de sortir, pas même le temps d'une balade au parc. À moi de déployer des trésors d'imagination pour occuper Juliette et Clovis, leur expliquer – le plus simplement du monde – la raison de ce quasi-enfermement. Mais, une fois de plus, la fragilité et la vulnérabilité de Jacques m'interdisaient de le laisser. Sans moi, il n'y avait plus personne pour lui. Au même titre qu'il avait sans doute un peu remplacé mon père, je me devais de remplacer sa mère, comme s'il avait opéré un retour en enfance. Il réclamait ma présence ; je la lui offrais, sans concession. Je crois même que je n'aurais, à ce stade-là de notre vie, pu faire confiance à qui que ce soit d'autre. Jacques me pensait, me voulait probablement plus indispensable que je ne l'étais. Cela étant, je n'aurais osé passer le relais à personne : le bouclier, c'est moi qui, désormais, le tenais devant nous.

Il fallait bien que je lui rende, un jour, tout ce qu'il m'avait donné.

Il y avait le « en haut » et le « en bas ». Mais le premier étage, où Jacques passait le plus clair de son temps, n'avait rien d'un sanctuaire. Nous pouvions, les enfants et moi, y monter dès que nous le souhaitions. Qui pour lui raconter sa journée à l'école, qui pour lui montrer son nouveau jouet, qui pour lui administrer des comprimés dont il ne voulait plus. Nous prenions tous nos repas ensemble, à quatre, assis sagement dans la salle à manger du jardin d'hiver ou dans la cuisine. Parce qu'ils étaient trop jeunes pour tout saisir des handicaps de leur père, Juliette et Clovis semblaient la plupart du temps imperméables à ses maladresses. Ils s'y étaient habitués. Pourtant, même à table, deux sphères cohabitaient dans le bruit des couverts tintant sur la vaisselle. D'un côté je priais Clovis d'aider Jacques à couper sa viande et invitais Juliette à manger proprement ; de l'autre, les enfants étaient bien obligés d'admettre que je ne trouve rien à redire lorsque leur père dînait un peu trop goulûment.

À l'évidence, il me manquait la plupart des bonheurs qu'une trentenaire aurait été en droit d'exiger dans sa vie. Une liberté, une sérénité, des preuves d'amour, de tendres câlins, des bras qui se serrent, d'autres voyages, de nouvelles rencontres. Le jour de mes trente ans avait d'ailleurs sonné comme la fin d'une époque dont les étapes auraient été brûlées trop vite. Dans le lot de ce qui m'avait échappé figurait l'insouciance. Depuis l'accident brutal de

Jacques, j'absorbais tout comme une éponge : les suites de ses divorces, les brouilles avec ses enfants, ses lourds problèmes de santé, le deuil de son métier, de ses passions. J'avais vieilli avant l'heure.

À cet anniversaire, dont je ne sais même plus si nous l'avons fêté, je m'étais fait peur toute seule, estimant que je menais une vie de retraitée. De religieuse portant sa croix sans mot dire. Je ne trouvais d'échappatoire que dans le sport, érigé au rang de potion magique. Je l'absorbais quelques heures par semaine, bol d'air pur devenu nécessaire si je voulais tenir le coup pour Jacques et les enfants. Il n'y avait que là que j'oubliais, que je me défoulais. Que je n'entendais plus : « Céline ? Tu es où, Céline ? »

– 9 –

La scène a eu lieu au moins vingt fois. Jacques rentre de sa promenade matinale avec Alfredo, le chauffeur, exténué, et reprend son souffle dans le hall d'entrée. Bienveillante, je m'inquiète de savoir si tout s'est bien passé, question à laquelle il répond par l'affirmative. Et pour cause. Sur le devant de sa chemise, comme sur son pantalon, je remarque la présence de traces essuyées à la va-vite, semblables à des taches qu'une main coupable aurait voulu faire disparaître sans vraiment y parvenir. Des taches... de chocolat.

– Jacques !

– On s'est simplement arrêtés deux minutes à la Maison du Chocolat. Je te rassure, j'ai pris les meilleurs !

– Tu exagères.

– Pas du tout ! Et puis d'abord, Francis Blanche s'est bien suicidé comme ça ! Mourir d'un arrêt cardiaque après avoir abusé du chocolat toute sa vie : pourquoi pas moi ?

Ces cachotteries de gamin avaient beau m'amuser de prime abord, elles m'exaspéraient l'instant d'après. Je craignais qu'il ne se rende pas compte du danger qu'il courait à céder ainsi à la tentation de la gourmandise. Ou si effectivement il s'en rendait compte, jouant consciemment avec sa santé, façon « fichu pour fichu... ». À quoi bon s'efforcer, en pareilles circonstances, d'éplucher légume après légume un panier entier de maraîcher afin de concocter pour Jacques un plat aussi équilibré que l'exigeaient les médecins ? À quoi bon mesurer son taux de glycémie, s'étonner qu'il soit à 4 ou 5 et se faire peur en pensant qu'il fallait immédiatement alerter les urgences ? À rien.

J'avais, chaque jour un peu plus, le sentiment de devoir secouer Jacques pour qu'il se tienne à l'abri du mal. Face à sa mauvaise volonté, j'en étais arrivée à devoir dissimuler ses médicaments dans les mets que je lui servais. Il aurait pu ne pas les prendre et s'en moquer éperdument. Il savait, de toute manière, que j'insisterais autant de fois que nécessaire pour qu'il les avale. Cherchait-il ainsi à éprouver ma persévérance ? Était-ce sa façon à lui de mettre mes nerfs à l'épreuve ? Je n'excluais pas que son sens de la provocation aille jusque-là. Cela lui ressemblait, en tout cas. Jacques n'avait plus assez de force pour tout, mais encore suffisamment pour repousser les limites de ma patience. Il savait que je l'aimais.

Avec beaucoup de tristesse, mêlée à un recul indispensable, je me rappelle combien il pouvait être cruel et corrosif en paroles, envers plus petit que lui. À commencer par ses plus jeunes enfants. Il fut, par exemple, particulièrement dur avec Juliette qui, pour un motif tout à fait futile et injustifié, s'était fait traiter un jour de crise d'« idiote » par son père, cette insulte étant la plus aimable de tous les noms d'oiseaux qu'il prononça à son encontre. Me donnant l'impression que l'on tombait dans l'illogique, son emportement pouvait avoir quelque chose d'effrayant et de profondément blessant. Dans la mesure de ce que nous étions capables d'endurer, j'invitais Juliette et Clovis à passer à autre chose. Jacques donnait une pièce de deux euros à Clovis mais pas à sa sœur ? Je lui expliquais : « Tu sais, il est malade. Il ne se rend pas compte de tout. » Mais devant une phrase comme « Je suis sûre que papa ne m'aime pas », mes paroles les plus réconfortantes ne suffisaient jamais à chasser de l'esprit de ma fille cette triste conviction enfantine. Il l'aimait, il les aimait, mais ne savait plus comment s'y prendre.

La lassitude nous gagnait parfois face à son manque d'envie, jusqu'à celle de partager un peu de son temps avec nous. Jacques ne descendait plus au salon lorsque je raccompagnais les enfants de l'école. Il avait sa vie « là-haut » et nous « en bas ». Il y dormait, il s'y coupait du monde ; les enfants avançaient, grandissaient, et je n'avais de cesse de faire la navette entre leur bulle de vie et sa galaxie de souffrance. Sans bien comprendre, toujours, si notre présence à ses côtés lui importait tant que ça. Alors le doute s'emparait de moi et je pleurais à l'abri des regards. Seule, toujours.

*
**

Notre séjour à Lagurgue pour la Noël 2004 nous fit à tous un bien fou. Le réveillon fut paisible et les veillées, le soir, au coin de l'une des quatre cheminées de la maison, se révélèrent aussi reposantes que je l'avais espéré. Comme à l'accoutumée, trouver pour Jacques un présent original à glisser sous le sapin avait été un véritable casse-tête. Tout sauf matérialiste, désintéressé par les grandes marques, prompt à se gâter lui-même – en s'offrant des voyages au bout du monde comme de toutes petites choses – il ne savait pas m'aiguiller sur ce qui lui aurait fait plaisir. Le plus beau cadeau que je lui fis fut, je crois, cette collection complète de la revue *Icare*, contant toute l'histoire de l'aviation, que j'avais pu acquérir sur les conseils avisés d'un pilote de Concorde dont nous avions fait la connaissance sur un vol vers New York. Son stock de lettres autographes, une autre de ses passions, n'avait quant à lui plus besoin d'être enrichi, et Jacques s'était longtemps rappelé son Tour de France au volant de voitures achetées à prix d'or, Lamborghini ou Ferrari. Mais il ne conduisait plus et ne lisait pas davantage. Aussi j'ose croire qu'il trouva son principal plaisir dans le fait de nous savoir tous les trois près de lui, goûtant le bonheur sans artifices d'une accalmie.

*
**

Non sans que cela le froisse, j'avais admis, à cette époque, être en droit de revendiquer un peu plus de latitude dans mon emploi du temps, simplement dans le but de mieux organiser notre vie et celle des enfants à la maison. Un soir de février 2005, j'entrepris ainsi de sortir avec Clovis afin d'aller récupérer Juliette à son cours de danse. L'infirmier, venu quelques minutes plus tôt mesurer le taux de glycémie de Jacques pour la deuxième fois de la journée – sa présence était également une grande nouveauté –, eut mon feu vert pour partir lui aussi. De fait, Jacques dormait à poings fermés. Et quand bien même il se serait réveillé, j'aurais été de retour dans une vingtaine de minutes. Il ne risquait rien.

Mais, une fois la porte claquée, Jacques a ouvert les yeux. S'est levé. À descendu l'escalier. À notre retour, un spectacle effroyable nous attendait. Jacques gisait en bas des marches du rez-de-chaussée. Sa chute avait été si violente, si vertigineuse, qu'une plaie ouverte ensanglantait l'une de ses oreilles.

– Montez, les enfants ! Montez, c'est rien. C'est pas grave, me suis-je entendue dire, les accompagnant d'une main passée doucement dans leur dos.

Je les revois monter à l'étage quasi à reculons, sidérés de découvrir leur père si mal en point.

C'est terrible de voir celui qu'on aime dans une telle détresse. Mais c'est aussi terrible de se rendre compte qu'on lui en veut un peu de ne pas vous avoir écoutée. Oui, Jacques avait dû s'inquiéter de ne plus nous entendre dans la maison. Oui, il avait dû nous attendre, cinq, dix minutes peut-être, derrière une vitre du premier étage. Oui, il savait que la fragilité de son état ne lui permettait aucunement de descendre seul l'escalier. Il avait pris un risque énorme en le faisant malgré tout, sans nous, préférant être déraisonnable plutôt que patient. Il sabotait ses propres chances. Mes avertissements étaient restés vains et, soudain, ravalant mes larmes en le hissant par-dessous ses bras, c'était comme si je ne me sentais plus d'aucune utilité. Vidée. J'étais en colère, mais également très inquiète. Jacques refusa obstinément que j'appelle un médecin.

– Je ne veux pas aller à l'hôpital ! Vous m'entendez ? Je vous interdis ! Remettez-moi dans ma chambre !

– Il faut faire quelque chose, Jacques. Tu ne peux pas rester comme ça.

Rien à faire. Je le veillai toute la nuit, après avoir sollicité l'aide du chauffeur pour le recoucher dans son lit et soigneusement nettoyé sa blessure. Je n'eus même pas le réflexe d'appeler David et Élise qui étaient probablement à mille lieues d'imaginer ce que nous traversions, lui comme moi.

Le lendemain matin, Jacques se réveilla aux aurores, immobilisé par des douleurs dorsales. S'était-il tassé une vertèbre pour à ce point ne plus pouvoir ni s'asseoir, ni bouger, ni manger, ni supporter sa toilette quotidienne ? J'appelai immédiatement le docteur Choukroun, qui préconisa des examens approfondis et une IRM. Un quart d'heure plus tard, une ambulance stationnait devant la maison pour nous conduire à l'hôpital Américain.

La présence de journalistes et photographes devant notre portail était malheureusement, en pareille occasion, un grand classique du genre. J'en ai acquis la certitude que les compagnies d'ambulances comptent toutes dans leurs rangs un ou plusieurs indics, à en juger par le nombre de flashes qui crépitaient lorsque Jacques devait être évacué. Un seul appel d'urgence et un trottoir entier de la rue du Bois-de-Boulogne était envahi. Couvertures, parapluies, longs manteaux : usant des moyens du bord, mimant l'épouvantail, je déployais devant lui et sa civière autant d'écrans que possible, redoutant qu'une image peu flatteuse ne circule dans la presse à scandales. Un jour où j'étais sortie avec Jacques lui acheter un costume rue Marbeuf, en prévision du mariage de son fils Frédéric, mon agacement m'avait même poussée à m'en prendre directement à ces chasseurs de scoops.

À l'hôpital, le diagnostic des médecins fut sans appel. La chute de la veille avait causé un choc important au cerveau, lui-même susceptible de provoquer une succession de micro-attaques cérébrales. Dès lors, il n'était plus question un seul instant de garder Jacques avec nous à Neuilly. Le corps médical ne me laissait guère le choix et j'ai dû me ranger à leur décision : Jacques devait être admis en maison de repos. De ce jour, il ne revint plus jamais à la maison.

*
**

La clinique du Val-de-Seine de Louveciennes, dans les Yvelines, est réputée pour accueillir la majeure partie des patients convalescents de l'hôpital Américain. Admis dans cet établissement moins de quarante-huit heures après sa chute, Jacques se trouvait dans un état particulièrement inquiétant. Surtout, les médecins et le personnel soignant cherchaient en vain l'origine de cette dégradation, qu'aucun remède ne semblait pouvoir endiguer. Collégialement, ils décidèrent d'ouvrir ce que l'on appelle « une fenêtre thérapeutique », à savoir l'arrêt complet du traitement médicamenteux. Son lot d'antidépresseurs, seul filet chimique à l'aider à rester en vie, fut lui aussi rayé de la liste.

Le résultat fut catastrophique. Jacques ne parlait plus, ne mangeait plus, ne buvait plus. Afin d'éviter une déshydratation trop importante, je m'appliquais à lui verser de l'eau entre les lèvres, à la petite cuillère. Je plaçais dans le contenu de ce minuscule couvert en inox tous mes espoirs de le voir reprendre du poil de la bête, tant deux ou trois gorgées auraient suffi à limiter les dégâts. Mais même ce geste ne faisait qu'humecter sa bouche et Jacques se laissait défaillir. Multipliant les allers-retours entre Neuilly et la clinique, je faisais venir régulièrement Juliette et Clovis, remplissais mon sac de feutres, de livres de coloriage, de revues pour enfants. Je voulais que Jacques les sente près de lui et qu'eux voient leur papa, même alité, même endormi. Un jour où je l'emmenais une énième fois avec moi, Juliette me confia ne plus supporter la vue des autres malades.

– Il ne faut pas regarder autour de toi, lui ai-je dit. Reste juste auprès de ton papa. Tu es encore un peu jeune pour le comprendre, mais tu ne sais pas ce qui arrivera demain. Et je m'en voudrais si, un jour, tu regrettais de ne pas avoir assez profité de lui.

Placé sous perfusion, Jacques perdit quinze kilos en six jours. « Il n'en a plus pour longtemps », me soutenaient les infirmières, entrant dans les moindres détails des différentes phases précédant la mort clinique.

– Votre mari en est au stade 1, madame Martin. Dans moins de quelques semaines, il ne sera plus là.

J'étais en pleurs, paniquée. L'heure était venue. Il fallait prévenir tout le monde, appeler chacun de ses enfants à son chevet. Lui dire au revoir même s'il ne nous entendait pas. Je trouvais cela tellement soudain que je n'arrivais même pas à me figurer la vie sans lui.

Alors j'ai téléphoné à Cécilia, afin que Judith et Jeanne-Marie viennent au plus vite. Bien que reçues au préalable par un médecin soucieux de leur dépeindre la situation, particulièrement pénible et impressionnante, les filles repartirent en larmes. Désemparée, j'appelai également le docteur Choukroun. Celui-ci me rejoignit dans la foulée à la clinique. Jacques n'était certes plus que l'ombre de lui-même, mais le docteur m'assura qu'il avait « encore de la ressource ». La force, donc, de se battre.

À la suite de cette visite, son traitement fut remis en route et ce fut le jour et la nuit : en l'espace de deux jours, Jacques pouvait de nouveau s'alimenter, boire, communiquer. Il était revenu à la vie. Et je revenais, avec lui, de très loin.

*
**

À l'approche de l'été, il ne fut pas question une seule seconde de partir sans Jacques à Biarritz. Deux mois environ s'étaient écoulés depuis son arrivée à Louveciennes, et ce funeste jeu des montagnes russes avait laissé des traces sur son moral, évidemment aussi sur sa santé, nous épuisant tous nerveusement. Cela étant, j'imaginais assez mal comment Jacques, qui avait besoin de soins réguliers et professionnels, pouvait demeurer à Lagurgue dans des conditions optimales pour un malade. J'usai alors de ma carte joker, de mon précieux allié, de celle qui allait devenir notre seule et unique planche de salut, l'ange gardien de Jacques : Leïla.

Au cours de sa folle existence, cette Franco-Sicilienne avait tout fait. Tourné dans *Aladin et la lampe magique*, été élue Miss Tunisie en 1959, étudié la chimie et l'hydrologie, travaillé dans un laboratoire près de la gare Saint-Lazare, habité à Rome, servi de lieutenant à Régine pendant huit ans, connu une idylle avec un acteur célèbre et, enfin, perdu une bague dans un restaurant parisien baptisé Le Tagada. Une mésaventure tout à fait anodine si elle n'avait pas permis à Leïla de rencontrer l'amour de sa vie, patron dudit restaurant : Gaby. Ils se sont mariés à Mexico, conviant quarante mariachis pour chanter la messe. Femme de la nuit mariée à un Basque, Leïla atterrit finalement sur la côte atlantique, où Gaby avait en gérance deux salles de cabaret. Elle monta seule son propre club-discothèque : le Casino Bellevue, qu'elle tint de main de maître les trois mois d'été pendant vingt-huit ans. Sa chambre à l'hôtel du Palais lui était payée par la direction du casino de Biarritz et les Biarrots, comme les habitués, auraient reconnu entre mille son élégante silhouette. Leïla a gardé cette classe des grandes dames, mais ne se coiffe plus des turbans qui, autrefois, enveloppaient avec grâce sa longue chevelure auburn, belle à faire pâlir les mannequins pour produits capillaires.

Une amitié de longue date unissait Jacques à Gaby qui, à l'âge de dix-huit ans, avait monté sa propre plage privée avec restaurant à Sainte-Maxime. Par son entremise, et l'habileté bienveillante d'une accordéoniste de passage, Jacques y avait d'ailleurs perdu sa virginité, anecdote qui alimenta longtemps leurs viriles conversations.

Vers la mi-juin, Jacques fut donc transporté en ambulance jusqu'à Biarritz. Avec l'aide de Leïla, nous avions pu lui dénicher une chambre dans une clinique de la ville, gérée par un couple d'amis avec lequel nous avions, par le passé, écumé les fêtes de Bayonne. Je trouvais plus rassurant que Jacques passe ses nuits dans un environnement médicalisé plutôt qu'au château, distant d'une trentaine de kilomètres de la côte et, donc, d'un hôpital. Je m'en serais voulu si quelque chose était arrivé durant son sommeil, sa santé en dents de scie faisant que tout était imprévisible. Qui plus est, la maison de Lagurgue n'était pas adaptée à son handicap – Jacques se déplaçait alors de nouveau en fauteuil roulant – et lui-même m'avait confié se sentir plus à l'aise à la clinique que chez lui. Ce qui ne l'empêchait pas de se contredire dès que nous l'y déposions, le soir, après avoir passé la journée avec nous.

– Vous m'abandonnez, hein, c'est ça ? lâchait-il, les dents serrées.

J'éprouvais alors une profonde tristesse, cette phrase laissant mon cœur en mille morceaux à chaque fois que je refermais la porte sur lui.

Reste qu'au bout d'une quinzaine de jours, déjà, Jacques avait récupéré énormément de forces par rapport à son séjour à Louveciennes.

– Vous m'avez sur le dos pour un bout de temps encore ! clamait-il fièrement.

Ses séances de kiné, pratiquées le matin dans sa chambre à la clinique, le soulageaient considérablement, et nous l'emmenions chaque jour déjeuner au restaurant. Nous choisissions une bonne table, toujours. Son appétit n'avait pas souvent le temps d'être comblé tant il se fatiguait vite ; les enfants et moi avons pris l'habitude de le voir fréquemment piquer du nez dans son assiette, et ce avant même la fin du repas. L'essentiel, malgré tout, était que nous soyons tous les quatre.

Toutefois, dans la famille, l'organisation que nous avions échafaudée n'était pas du goût de tout le monde. David le premier resurgit dans le paysage et s'étonna que son père, qui regagnait la clinique en toute fin d'après-midi, ne dîne jamais en notre compagnie. Il estimait que Jacques serait beaucoup mieux chez lui. À quoi bon être venu à Biarritz pour se retrouver dans une clinique ? J'essayais, en vain, de lui faire comprendre qu'il passait beaucoup de temps dans sa maison, et avec nous, mais qu'il avait aussi besoin des médecins, des infirmières, du kiné pour s'occuper de lui...

Rien à faire, il s'entêtait. J'avais l'impression détestable d'être la femme qui profite du château pendant que son mari croupit à l'hospice, parce qu'il l'encombre. Cela me fit très mal. Mais, comme David semblait à ce point décidé, j'acceptai d'essayer de le garder la nuit chez nous, chaque fois que son état le permettrait.

Alors, de temps à autre durant l'été, Jacques passa la nuit dans sa chambre à Lagurgue. Trop fatigué, il ne partageait même pas notre dîner et demandait qu'on le couche tôt. Avant que le jour se lève, j'allais à plusieurs reprises faire un tour dans sa chambre pour voir si tout allait bien. Je vivais dans l'angoisse qu'il arrive quelque chose, sans trop savoir sur quel pied danser. Les enfants de Jacques réussissaient à instiller le doute dans mon esprit, suffisamment pour me rendre hésitante alors que, jusqu'ici, je fonçais pour absolument tout. Un jour sa présence au château paraissait des plus logiques ; le lendemain, la survenance d'une grosse complication médicale justifiait qu'il dorme en clinique et non ailleurs.

Finalement je fis part de ma décision : je refusais de prendre le risque que Jacques meure faute de soins hospitaliers, surtout la nuit. Si ses enfants voulaient prendre cette responsabilité, à eux de l'assumer.

Et je continuai d'aller le border sur son lit d'hôpital...

Néanmoins, de retour à Paris, je n'échappai pas aux critiques véhémentes lorsqu'il s'agit de placer Jacques dans une structure adaptée à sa pathologie. Le docteur Choukroun – en qui d'aucuns voyaient mon sbire, parfois jusqu'à mon subconscient – avait insisté pour que son patient soit correctement encadré. Pour ma part, j'avais posé une condition à ce transfert : que le lieu d'hébergement se situe à proximité de notre domicile. Une résidence, située de l'autre côté de la Seine et à cinq minutes en voiture de la porte Maillot, apparut comme le meilleur compromis. Jacques y entra dès le mois de septembre.

Pensé comme une maison de retraite haut de gamme, l'établissement était dirigé par une gironde directrice, dont les formes ne trahissaient en rien les origines slaves. De fait, son décolleté généreux, en permanence orné de bijoux clinquants, ravissait les pensionnaires. Charmante, elle réserva d'emblée à Jacques un accueil de VIP, délivrant moult consignes au personnel, de sorte que son séjour se déroule dans les meilleures conditions.

Pendant un an, il n'y a pas eu un jour sans que je vienne voir Jacques et passe du temps auprès de lui. Pas un jour sans que je déjeune avec lui, dans sa chambre ou à la cafétéria de la maison de rééducation. Pas un jour sans que j'écoute sa nutritionniste insister sur l'équilibre de ses repas et me parler de ce qu'il avait avalé au réveil. De la quantité de féculents qu'elle lui autorisait dans son assiette. De la dose de sucres rapides à laquelle il avait droit aujourd'hui, des cent grammes de pain – et pas un de plus – qu'il fallait pour le soir. Je m'appliquais à avaler le même menu que lui, la glycémie ayant de moins en moins de secrets pour moi. Tout, absolument tout, était étudié.

Le faire venir déjeuner, de temps à autre, à la maison s'apparentait à une authentique course contre la montre. Si Alfredo le déposait à 12 h 15 précises, il fallait absolument que je sois rentrée de l'école à 13 heures avec les enfants, afin que Jacques déjeune à heure fixe et ne tombe pas en hypoglycémie.

Penser à tout était devenu un réflexe : acheter à Jacques un flacon de parfum Knize Ten, lui rapporter du linge propre de la maison, prendre rendez-vous avec son dentiste, remonter les barrières de son lit en quittant la chambre, l'aider à s'habiller, le coiffer, lui couper les ongles. « Ah, voilà ma femme ! » s'exclamait-il sitôt que je pénétrais dans sa chambre, forçant parfois mon sourire à regret, tant le spectacle de sa déchéance me laminait intérieurement. Je me regardais dans le miroir et me sentais entrer au ralenti dans sa peau. Doucement mais sûrement, je vivais à travers lui, et lui à travers moi. Même à deux, nous étions déjà en train de sombrer.

– 10 –

L'effet de ligue est une dynamique étrange qui, de façon très pernicieuse, vous fait passer du statut de gentille petite femme inoffensive à celui d'ennemi numéro un. Les alliances puis les complots s'opèrent dans votre dos, avant même que vous ayez eu le temps de dire « ouf ». Au début, vous préférez ne pas croire que le monde entier est contre vous. Puis, de guerre lasse, abandonnant aussi la majeure partie de vos illusions sur la nature humaine, vous finissez par comprendre que vous n'êtes plus celle que vous avez été dans les yeux des autres. À moins qu'ils ne vous aient toujours vue telle qu'ils vous considèrent aujourd'hui ? L'indésirable, l'inacceptée. Mais vous luttez de plus belle pour que les manœuvres de ceux qui veulent votre peau ne vous fassent pas atterrir sur le banc de touche.

En quelques mois, la directrice de la maison de rééducation n'afficha plus à mon égard la même sympathie, préférant réserver ses conversations à Danièle Evenou, réapparue soudain au chevet du malade. Cette directrice prenait tellement au sérieux son rôle de responsable investie dans l'existence de son célèbre patient qu'elle ne jugeait même plus utile de me téléphoner, la nuit, lorsque Jacques souffrait d'une forte poussée de fièvre. Je n'étais prévenue que le lendemain d'une crise d'hypoglycémie survenue la veille au soir, ou d'un pouls en chute libre qui aurait pu laisser augurer le pire. Elle croyait me rassurer en prétendant avoir sauvé Jacques « in extremis », seule, comme si je n'existais pas, moi qui franchissais chaque jour, et chaque mercredi et week-end avec Juliette et Clovis, les portes de cet enfer.

Sans que je n'en sache rien, la rumeur selon laquelle le docteur Choukroun était incompétent commença à se répandre dans les couloirs de la résidence comme une traînée de poudre. Sans l'accord de celui-ci, l'un de ses confrères employé au sein de l'établissement entreprit ainsi, un beau matin, de révolutionner le protocole thérapeutique établi à l'intention de Jacques. Une faute grave qui, sans appel, entraîna un blâme à l'encontre du praticien. Pas de quoi redorer mon blason auprès de la direction. De toute façon, s'estimant à même de me suppléer, la directrice m'avait réclamé toutes les coordonnées des enfants de Jacques. Ses appels ne furent suivis d'aucune prise en charge quotidienne du malade par le reste de la famille...

Mais j'avais beau faire le guet, certains morceaux d'anthologie continuaient de m'échapper. Un jour, je reçus ainsi un appel d'un journaliste de *Paris Match* m'avertissant qu'une interview de Jacques « un peu poubelle », selon son expression, était sur le point d'être publiée. Cet entretien, dans lequel Jacques confessait avoir « mal » et vouloir « rentrer chez lui », avait eu lieu quelque temps plus tôt au domicile d'Élise, à Rueil-Malmaison, à la faveur d'un déjeuner « en famille » dont j'avais – là encore – appris l'existence totalement par hasard. Danièle Evenou était venue le chercher en voiture et, avec l'aval discret de la directrice, l'avait conduit jusque chez elle. Œuvrant tel le Messie, sans doute avait-elle cru bon de mettre en scène le malheur de Jacques pour mieux endosser le rôle de sa bienfaitrice. Qu'était-il allé faire là-bas, lui qui se montrait sans cesse sur la défensive par rapport à son ex-compagne et rechignait – le mot est faible – à voir du monde ?

D'un coup, d'un seul, je me rendis à la résidence afin d'avoir la version de Jacques sur cette histoire de « déjeuner de presse » orchestré de toutes pièces.

– Dis-moi, Jacques, tenais-tu vraiment à faire cette interview ?

– Non, pas spécialement. Mais j'ai pensé que c'était une bonne occasion d'évoquer ma carrière.

Sauf que de son métier, dans l'article, il n'était point question.

– Alors, si tu es contre cette parution, il faut immédiatement prévenir ton avocat.

J'appelai cet avocat aussitôt, qui fit le nécessaire pour que le sujet disparaisse du numéro en préparation, tout comme les photos de Jacques prises au même moment dans le jardinet d'Élise. Que portait-il lors de ce déjeuner ? Était-il rasé ? Maquillé ?

Ou s'était-on contenté de lui enfiler ce sempiternel gilet dont il ne voulait pas se séparer, et qui faisait dire à sa progéniture qu'aucun soin n'était apporté à son habillement ? Personne ne pouvait croire que Jacques refusait jusqu'à l'achat de nouveaux vêtements, ne serait-ce que de simples pulls, au motif qu'il était attaché à quelques tenues fétiches. Je savais bien que faire repriser ses pantalons, devenus trop lâches avec le temps et l'amaigrissement, était aussi une mission impossible. Mais, là encore, je renonçai à m'en expliquer auprès de qui de droit. Si tous pensaient que Jacques était malheureux là où il était, qu'il dépensait son argent pour rien et méritait mieux, alors qu'ils proposent une solution. Il semblait tellement plus facile de me critiquer que de se regarder dans un miroir et d'agir pour de bon...

Tous les jours, ou presque, survenait un nouvel événement. Entre la santé de Jacques et les atermoiements extérieurs autour de ses conditions d'hospitalisation, les rumeurs dans les journaux et la dépression dans laquelle il s'enfonçait, si quelqu'un devait ne pas flancher, c'était bien moi. Comment ne pas se sentir surinvestie lorsque l'on devient le seul référent de celui qui souffre ? « Il faut demander à Céline », « Je vais en parler avec Céline », « C'est Céline qui s'occupe de ça ». Du même coup, pour les attaques aussi, j'étais en première ligne. La cible idéale pour une famille démantelée.

Plus le temps passait, plus le regard que je posais sur Jacques opérait une mue étrange, déstabilisante. De fait, je défie quiconque de demeurer impassible, émotionnellement, sentimentalement, face à l'épreuve que constitue la dégradation constante de la personne avec laquelle on partage sa vie. Je peux dire qu'à cette époque, soit seize ans après notre rencontre, j'avais déjà perdu mon mari. Jacques était là, mais il était un autre. Il s'était dédoublé de lui-même, après que l'AVC eut enfermé à double tour, au fond de lui, l'homme qu'il avait été. Assise près de lui, je cherchais éperdument dans ses yeux le Jacques des voyages, le Jacques des fous rires, le Jacques des plateaux télé, le Jacques des restaurants, le Jacques des boîtes à chaussures et des sketches improvisés. En vain. Ce Jacques-là était parti, remplacé par un corps et un esprit qui ne lui ressemblaient en rien. Il avait été un électron libre et je le voyais nu, toiletté par des infirmières ; il avait fait le pitre avec nos enfants mais n'affichait plus qu'un masque à la place de son sourire ; il avait chanté à tue-tête dans notre salle de bains mais la maladie avait gommé son entrain légendaire.

Continuant à occuper la petite chambre dans laquelle j'avais déménagé, comme une princesse se retrouve prisonnière dans un donjon en apparence doré, je me sentais profondément seule. Notre amour, qui avait si longtemps reposé sur le partage et la découverte, s'appuyait désormais sur une forme de reconnaissance infinie, sans condition, et un enfermement contraint. J'étais là pour l'aider et l'accompagner, lui tenir la main avec un amour aussi fort que celui que l'on éprouverait pour l'un de ses parents. Mais notre « amour d'amoureux », lui, n'avait déjà plus cours. Pire encore : sous ses traits d'homme fatigué, je voyais la mort se rapprocher. L'image m'était insupportable.

*
**

« Quand ai-je souri pour la dernière fois ? » La question s'est posée sans prévenir et je n'avais aucune idée de la réponse. Je me suis dit que mes lèvres et mes fossettes avaient dû se figer quelques mois auparavant, sans que je m'en aperçoive. Mais qu'était devenue Céline Martin, au bout du compte ? Pour Jacques, une épouse présente et dévouée, dont il ignorait qu'elle pleurait en cachette parce qu'elle était à bout. Pour ses beaux-fils et belles-filles, celle qui attendait leur père et son magot au coin du bois, se frottant les mains avec vénalité. Pour Juliette et Clovis, une maman qui continuait de faire attention à elle et d'enfiler de jolies robes, pour un peu moins s'oublier et dire non au laisser-aller. Trois casquettes qui – je me l'avoue aujourd'hui – pesaient fort lourd sur ma tête.

De tout cela, je commençai à parler avec Jacques vers la fin de l'année 2005. L'une de nos premières discussions à ce sujet eut lieu dans la salle de restaurant de la résidence.

– Laisse-les parler, tous ces cons ! me disait-il.

Mais je voulais qu'il m'entende et qu'il me comprenne. Je voulais qu'il sache que je me trouvais mauvaise dans le rôle de l'épouse privée d'une vie de femme. Que je m'obligeais à me détacher de lui et à le détacher de moi, pour ne pas en arriver, un jour, à venir le voir à reculons. Qu'il y avait une certaine indécence à ce qu'on fasse « comme si » alors que ni l'un ni l'autre n'était épanoui. Que je ne voulais plus trembler à chaque fois que je lui donnais un médicament, parce qu'on me reprochait de vouloir sa mort. Que je ne voulais plus qu'on m'accuse, à tort, d'avoir la main leste sur son chéquier et qu'on imagine que j'avais vendu sa collection de soupières à un antiquaire pour offrir à mes enfants un voyage aux Bahamas. Que je supportais de moins en moins les pressions et les tensions intrafamiliales. Qu'enfin je n'imaginais pas refaire ma vie mais que je voulais récupérer la mienne, celle à laquelle peut prétendre une femme de trente-cinq ans. Clarifier une situation qui n'était plus tenable, désembuer les vitres qui s'étaient refermées sur notre couple.

Mais Jacques ne voulait rien entendre.

– Pas question ! Jamais je ne divorcerai ! Tu es à moi ! Je mourrai avec mon alliance, tu m'entends ?

Il avait peur et je préférais faire l'impasse sur les piques qu'il me lançait. « T'as quelqu'un, c'est ça ? » ou « T'inquiète pas, va ! Tu l'auras bientôt, ton héritage ». Et même : « Ça te fait plaisir que je sois là, hein ? Que je sois impotent, cloué dans un lit ou dans un fauteuil ! » Il aurait voulu que je bondisse ou que je sorte de mes gonds. Mais je restais de marbre. Très calmement, un jour, j'ai fini par lui rétorquer :

– Réfléchis un peu, Jacques. Demande-toi pourquoi je suis là chaque jour, tout le temps, pour toi. Je doute que beaucoup de femmes auraient accepté de vivre tout ça. À ma place, d'autres auraient pris le large il y a bien longtemps et une bonne fois pour toutes.

Je continuais d'être montrée du doigt. Pour un oui, pour un non. Mes « adversaires » avaient en outre entrepris de me faire suivre. Je vivais sous surveillance, y compris lorsque je me trouvais en compagnie de mes propres enfants. Je sortais promener le chien et une tête familière était là, comme par hasard, qui m'épiait...

Destinataire d'un courrier signé de l'avocat d'Élise et David, le directeur de la banque m'informa, un jour, de la nécessité urgente de rassembler tous les relevés de comptes de Jacques des trois dernières années pour une enquête approfondie. Convaincu que sa gestion et la mienne n'auraient pu souffrir le moindre reproche, le banquier en riait à moitié. Mais moi, à ce point traquée, je vécus cette intrusion dans notre vie privée comme un viol extrêmement humiliant. J'obtempérai sans avoir rien à craindre, Jacques et moi ayant toujours eu deux comptes séparés. Depuis notre rencontre, j'avais tenu à ne jamais rien réclamer pour moi à mon mari qui, déjà, assurait tous nos frais et versait par ailleurs deux pensions alimentaires à faire pâlir la plus heureuse divorcée du monde. Aujourd'hui, je m'inquiétais pour mon avenir et celui de mes enfants, étourdie par le naufrage de notre histoire et de mes choix de vie, dont Juliette et Clovis n'avaient surtout pas à payer le prix. J'étais prête à retravailler, à faire fi des consignes de Jacques qui avait toujours refusé que je me lance dans un quelconque projet professionnel. Mais mes « ennemis » se contentaient de ricaner. J'entendis même un jour : « Tu finiras sur le trottoir, avec ta valise et en petite culotte ! » Je compris alors que j'allais vraiment devoir me battre mais j'avais conscience, déjà, de ne jamais pouvoir affronter six enfants et les mères de quatre d'entre eux. La haine montait. Je ne vivais plus. Jacques ne pouvait pas me faire ça.

Il finit par se rendre à l'évidence. Ou à admettre, plutôt, qu'il ne perdrait pas la face en me perdant, moi. Assis dans son lit, il me dit un jour :

– Fais venir une avocate et nous règlerons cette affaire. Si c'est ce que tu veux, alors, je le ferai.

Il n'y eut ni larmes, ni merci, encore moins de vœux de bonheur. Simplement deux promesses : Jacques me fit jurer que, jusqu'à sa mort, notre divorce serait placé sous le sceau du secret, et je lui promis d'être là pour lui comme avant. De continuer à venir le voir, à lui parler, à l'aimer d'une autre façon. En femme libre. Ce n'était pas un abandon. Juste un soulagement. Je le regardai longuement, adossé à ses oreillers. Ni triste, ni abattu.

L'air bravache, plutôt. L'air de dire : « Même pas mal ! »

*
**

Ancien cadre de la banque Rothschild et directeur à la Barclays, Dominique Debeyne gérait les finances de Jacques depuis de longues années. Les deux hommes se portaient une admiration et un respect mutuels, bien que les débuts de leur relation eussent été relativement houleux. De fait, Jacques pensait que son argent – lorsqu'il commença à en gagner beaucoup – pouvait fructifier et être placé sans l'ombre d'un risque. Les conseils avisés de Dominique Debeyne, conjugués à son sens de l'écoute, devinrent chaque jour un peu plus précieux, et Jacques et lui entretinrent des contacts dépassant le strict cadre professionnel. Quelques déjeuners chez Le Divellec ou à La Marée, une poêlée de girolles accompagnée d'un grand cru avaient laissé à ce conseiller financier un souvenir impérissable. Jacques et Dominique Debeyne se rencontraient régulièrement, parfois même dans le bureau du théâtre de l'Empire, l'un échangeant sur ses passions, l'autre sur la difficulté – dans une aussi grande famille – de ménager la chèvre et le chou. Leurs entretiens étaient un peu les coulisses de notre histoire et, bien souvent, je me laissai dire qu'il était question des enfants de Jacques, de leurs rêves, comme des aspirations et des espoirs que leur père nourrissait pour eux.

Avançant en âge, puis se sachant condamné à plus ou moins long terme, Jacques avait fait de M. Debeyne la cheville ouvrière de sa succession. Une confidentialité totale entourait leurs discussions à ce sujet, et j'avais moi-même pour consigne de ne rien divulguer. Pour me laver des soupçons qui pesaient sur moi, il aurait été simple, c'est vrai, de rassurer ses enfants en leur disant ce à quoi ils auraient droit une fois leur père passé de vie à trépas. « Toi, tu auras tant. Et toi, telle somme. » Mais je me suis tue jusqu'à la fin, fidèle à ma promesse. Jacques, pour sa part, soutenait avec le plus de sérieux possible qu'il était « un homme ruiné ». La rumeur l'avait déjà dit, lui maintenant confirmait, pour avoir la paix.

Dominique Debeyne s'était attaché à assurer une certaine égalité entre toute la descendance de Jacques. Inutile, cependant, de parler à son client en termes de pourcentages. Il était si peu réceptif à la chose financière que son fidèle conseiller avait fini par adopter « le torpilleur » comme unité de mesure. Un « torpilleur » valait x euros et les décomptes s'effectuaient invariablement sur ce mode-là. Certes, Jacques connaissait la valeur de l'argent. Mais il était loin d'avoir la notion de la mesure. Au point de poser des questions parfois tout à fait incongrues lors de la préparation de son héritage avec son conseiller financier.

– Si je fais ça, il reste combien ? Deux torpilleurs ? Trois ? Dites-moi.

– Non, monsieur Martin. Je viens de vous l'expliquer. Si vous donnez tant à David et Élise, tant à

Frédéric et Jean-Baptiste, x euros à Judith et Jeanne-Marie, et que Céline et les enfants conservent la maison, alors il ne reste rien.

– Quoi ? Rien du tout ?

– Non. C'est un 100 % qu'on divise par neuf. Un héritage, tout simplement.

– Mais... il faut en garder !

– En garder ? Pour quoi faire ?

– Eh bien... Je ne sais pas, moi... En garder, c'est tout.

– Mais... vous ne serez plus là, monsieur Martin. Je suis désolé, mais il n'y aura rien à garder.

*
**

Notre avocate était venue jusqu'à la maison de repos en catimini, me faisant repenser à ces parcours souterrains que j'effectuais dans les parkings, avec Jacques, pour échapper aux paparazzis dès que nous mettions le nez hors de notre maison. Le protocole de divorce était prêt, il n'attendait que nos signatures...

Quelque temps plus tard, notre dossier « clandestin » fut enregistré par le greffe du tribunal aux affaires familiales de Nanterre de façon anonyme. Un numéro avait remplacé nos deux noms, préservant ainsi notre anonymat. L'audience devant le juge fut fixée au 3 novembre 2006.

– 11 –

Un concert de Mireille Mathieu ? Mon amie Béatrice est emballée à l'idée de m'accompagner. Quinze ans ou presque nous séparent, elle a le physique callipyge des filles du Brésil, la vie d'une épicurienne abonnée aux thalassos du Miramar et aux machines à sous du casino de la plage de Biarritz, le curriculum vitae d'une Régine en devenir, et une nuée de jeunes éphèbes à ses pieds. Je ne pouvais trouver meilleure complice pour assister à l'un des derniers tours de chant de ma célèbre voisine neuilléenne. Moi qui ne m'accorde plus le droit de sourire ou de boire un café en terrasse, même seule ; moi qui me lasse de passer avant l'heure pour la veuve joyeuse, j'ai décidé de vivre. Et d'arrêter de croire que je ne pourrai renaître que le jour où Jacques disparaîtra. Je me dis aussi que je dois à mes enfants une autre image que celle d'une mère sacrifiée sur l'autel de l'inertie dont fait montre tout un pan de la famille. Je dois m'affranchir du joug des autres. Et me prouver que, même un peu loin de Jacques, j'ai l'énergie et la capacité d'exister sans lui.

Je dirais même qu'il y a quelque chose de rassurant à se prendre en main pour ne pas dégringoler. C'est un défi lancé à l'existence que de s'obliger à respirer un autre air. En faisant glisser un peu de plaisir et de légèreté dans ma vie, j'ai l'impression de revenir à moi. Tout le monde aurait préféré que je sois malheureuse, que j'aille mal, que je me gave d'antidépresseurs, que je me néglige, que je souffre jusqu'au bout et que je paye pour tout ça. Au final, je suis la seule à me vouloir du bien. J'ai soif de bien-être, sans trop oser, pourtant, me l'avouer.

À la sortie de l'Olympia, Béatrice a proposé que nous allions dîner dans un haut lieu de la nuit parisienne. Cela faisait des années que je n'y avais pas mis les pieds. Les patrons étaient des amis de Jacques. Ils étaient même venus une ou deux fois le visiter et se souvenir avec lui du bon vieux temps. Ils avaient plaisanté ensemble et cette parenthèse de gaieté leur avait mis, à tous, je crois, un peu de baume au cœur. Bien que Jacques ne soit pas un grand nostalgique, ils s'étaient rappelé l'époque des concours de rires improvisés. Bénichou, Kersauson, toute la bande prenait part à ces pantalonnades qui, parfois, n'amusaient que leurs protagonistes. Mais après tout qu'importe, puisque tous jouissaient de la même insouciance.

J'en retrouvai presque la teneur lorsque nous arrivâmes dans ce restaurant. Je redécouvris, entre autres, le plaisir de m'installer à une table qui ne soit pas celle d'une cafétéria ou d'un bureau de médecin. Le bonheur simple de commander un verre de rosé, aussi. Ce soir-là, mon appétit de moineau se contenta de peu – j'avais la silhouette d'un fil de fer – et je laissai Béatrice lier connaissance avec deux autres clients, installés au bar. Sortis d'une soirée caritative au Palais des Congrès, ils étaient venus boire un dernier verre. Guy et Alexandre s'étaient néanmoins promis de ne pas veiller trop tard, le second ayant prévu d'aller courir le lendemain matin en prévision du marathon de Paris auquel il participait quelques semaines plus tard.

La gouaille légendaire de mon amie Béatrice contraria un tantinet leurs plans. Férue de voyance et de mysticisme, celle-ci entreprit de lire les lignes de la main à tout le monde. S'emparant avec un large sourire de celle d'Alexandre, elle lui malaxa le pouce gauche en devinant chez lui une forte personnalité, des tas de choses à raconter. D'autres mini-séances conduisirent chacun à se dévoiler davantage. Alexandre avait le discours ironique de l'homme blessé par amour, parti du jour au lendemain des bras d'une femme avec laquelle il n'avait eu de cesse de recoller les morceaux. Désormais, ce loup solitaire goûtait davantage la présence de son chien que celle d'une concubine, aimant toujours la gent féminine mais ne se laissant pas agripper. La tablée était joyeuse et plusieurs verres défilèrent avant que nous nous quittions. Pour la première fois de ma vie, j'acceptai d'échanger mon numéro avec un presque inconnu.

– Je te préviens, il m'a l'air très dangereux comme type. Je t'en supplie, ne le rappelle pas ! m'a confié Béa.

Mais un autre détail ne lui avait pas échappé : ce soir-là, à table, je m'étais autorisée à trouver un homme séduisant.

Quatre jours plus tard, remontant en voiture le boulevard Haussmann, je reçus ce message : « Nous avons passé une très belle soirée, alors recommençons. Seriez-vous libre à dîner cette semaine ? » Mon cœur battait la chamade. Je me sentais sotte à ne savoir que répondre. J'avais pourtant toutes les excuses pour être à ce point désemparée face à pareille invitation. À l'image d'une adolescente, j'ignorais si j'étais encore en mesure d'embrasser quelqu'un. Dormir près d'un corps masculin, n'en parlons pas, moi qui faisais chambre à part avec Jacques depuis plusieurs années. Quant à me préparer pour un tête-à-tête placé sous le signe de la séduction...

L'idée que je puisse connaître une certaine plénitude à l'écart de ce qui m'occupait le reste du temps me faisait peur et envie à la fois. J'entendais Juliette qui, à onze ans, s'étonnait de me voir perpétuellement seule. Seule en cuisine, seule au volant, seule à la sortie de l'école, seule aux spectacles de fin d'année, seule dans mon lit, seule en vacances. Quel scénario pouvait-elle donc bien échafauder mentalement quant à mon désert sentimental ? J'étais un escargot, enfoui dans sa coquille, qui pleurait même parfois devant sa fille, laquelle découvrait les joies des toutes premières amours.

Alors, la vierge folle s'invita chez la vierge sage, je me dédoublai, convaincue de n'avoir rien à perdre, et toutes deux cohabitaient en moi. On s'était si souvent, si longtemps employé à m'enfermer dans le statut de menteuse et d'intrigante que j'ai décidé de l'être pour de bon. Oui, j'allais mentir à Jacques. Et oui, j'allais peut-être me lancer dans une intrigue amoureuse.

Comme je ne souhaitais pas qu'Alexandre sache où j'habitais, je l'avais prié de venir me chercher au bout de la rue, avenue de Madrid. J'avais joué le jeu du premier rendez-vous, fouillant dans mes placards afin de trouver la tenue adéquate. Ce fut une jupe noire et un petit pull, élégance et sobriété.

Intriguée par la personnalité d'Alexandre, j'allai à ce dîner curieuse, mais sans appréhension. J'avais simplement besoin de cette grande respiration, de ce mouvement de fond à contre-courant de ce que je vivais au quotidien. Il fallait, pour que je m'en sorte, que quelque chose se passe. Que je fasse une bêtise, un truc un peu dingue ou qui me paraisse dingue. Car, après tout, rien de vraiment beau ne m'attendait ailleurs ; j'étais libre de me brûler les ailes. Tout était tellement dur – la maladie de Jacques, le comportement de ses grands enfants – qu'il fallait que j'explose. Que j'ose.

Dans le même temps, un ange confortablement installé sur mon autre épaule me soufflait tout le contraire. En acceptant ce rendez-vous, je franchissais un cap. Un regard, un sourire, quelques confidences, un baiser peut-être, et la ligne rouge était dépassée. Jacques et moi étions séparés physiquement mais quantité de liens – moraux pour la plupart – subsistaient entre nous, me retenant encore prisonnière de ma propre existence. À mes yeux, tout ce qui n'était pas Jacques était mal. Sortir des rails en dînant avec Alexandre était comme mettre un vrai terme à notre couple. Et marquer d'une pierre lourde le point de non-retour.

Au volant de sa Smart – « une voiture de jeune », m'étais-je surprise à penser –, Alexandre me conduisit jusqu'au Bélier, restaurant d'un quatre étoiles fraîchement inauguré rue des Beaux-Arts. Décoré dans le plus parfait esprit rive gauche, avec ses sièges capitonnés bleu canard et vert bruyère, des lustres monumentaux et un bar à la moquette léopard, l'endroit se voulait être le plus *hype* du moment. Une cuisine fine, préparée par un ancien de chez Ledoyen, vint parfaire la magie de cet instant. Notre dîner fut particulièrement plaisant, émaillé de moments fugaces auxquels certaines ne font probablement plus attention, mais qui me touchèrent en plein cœur. Voilà que j'étais de nouveau femme dans le regard d'un homme. Ni mère, ni belle-mère, ni infirmière, pas même amante. Femme. Je n'en jouais pas, mais j'appréciais infiniment la sensation que cela procurait.

Alexandre ne savait pas vraiment qui j'étais. Jeune homme d'affaires versé dans l'immobilier, élevé dans l'esprit « tribu » des familles juives mais ultra-indépendant, il ne prenait guère le temps de lire les journaux ou d'allumer sa télévision. Je n'avais de toute façon pas très envie de lui dévoiler ma vie. Honnêtement, je craignais d'être jugée s'il apprenait que j'avais été mariée avec un homme beaucoup plus vieux que moi. Influencée par les médisances des autres à mon sujet, je redoutais qu'il me considère comme une fille vénale profitant du confort financier d'un autre. Il savait que j'avais deux enfants et connaissait leur âge, croyait sans mal que je travaillais pour une société de production – après avoir menti, je n'osai plus le contredire – et partageait avec moi le goût des voyages et de la bonne cuisine. Il me confia bien plus tard avoir vu en moi une femme blessée, abîmée, mais qui l'écoutait. Durant trois ou quatre semaines, je m'appliquai à ne rien dire des problèmes que je rencontrais. J'aurais eu, sinon, l'impression de tout gâcher.

*
**

Jacques n'avait pas voulu venir seul au palais de justice de Nanterre. Paul Ceuzin, son ami, avait donc prévu de nous rejoindre sur place, aussitôt après être arrivé de Bruxelles en train. J'étais donc passée chercher Jacques à la résidence, prétextant devant la directrice un déjeuner en famille. Ce qui nous attendait, pourtant, n'avait rien d'un grand moment de convivialité. Jusqu'au dernier instant, je crus même que Jacques ne viendrait pas : au fond de moi, je savais bien qu'il ne voulait pas de ce divorce.

Je prévins le chauffeur que nous nous passerions de ses services ce jour-là et louai spécialement une voiture adaptée au handicap de Jacques. Le fauteuil roulant fut chargé dans le coffre, et je commençai à rouler en direction de Nanterre. Très peu de mots furent échangés lors de ce trajet. Fermé comme une huître, perdu dans ses pensées, Jacques regardait par la vitre, peut-être avec la désagréable impression de n'être qu'un pantin ou une valise qu'on trimballe ; moi, j'avais malgré tout cette culpabilité de l'emmener enterrer un couple dont il voulait encore. J'avais honte, aussi, de devoir faire appel à ce convoyage forcé, alors que tout aurait pu se passer autrement si une telle pression n'avait pas pesé sur moi et l'image que je renvoyais.

Se séparer de l'homme de sa vie, même quand on l'a décidé, est un acte douloureux. Devoir réclamer sa liberté et s'en justifier auprès d'un juge n'est pas plus glorieux. C'est même terrible. L'épilogue de l'amour romanesque que Jacques avait construit, pour et avec moi, eut comme théâtre les couloirs sombres et carrelés du tribunal de Nanterre. À deux pas de la nationale 86, la cité administrative regroupe tout ce que les Hauts-de-Seine peuvent compter comme services à paperasses. Côté palais de justice, les salles d'audience occupent, quel que soit l'étage, la zone centrale du bâtiment ; autour d'elles s'enroulent des mètres et des mètres de corridors mal éclairés, ouvrant sur une multitude de bureaux et de greffes. Les allées sont envahies par les proches de justiciables, en attente d'un jugement ou d'un report d'audience. Évidemment, il n'y a pas assez de chaises ou de bancs pour tout le monde, et l'on s'adosse parfois à une paire de portes battantes pour soulager ses reins, en priant pour qu'aucun greffier, les bras chargés de dossiers, ne l'ouvre violemment avec le pied.

Après avoir retrouvé notre avocate et Paul, lequel enlaça son ami chaleureusement, nous attendîmes dans un coin, un peu à l'écart, assis tous les trois en rang d'oignons et Jacques dans son fauteuil, silencieux, tournant le dos au passage. Le bruit de fond n'était que pas, cavalcades et portes qui claquent ; brouhaha auquel se mêlait le son lisse produit par les feuilles que tournait une à une, sur ses genoux, notre avocate.

Après une courte attente, je fus reçue la première dans le bureau de la juge. Un bureau de taille moyenne, que rapetissaient les piles de dossiers et tous les classeurs de procédures, formant des tours chancelantes à chaque coin de la pièce. Celle-ci n'était pas très éclairée et je m'y sentais moyennement à l'aise.

– Alors, madame Martin... Je vous reçois donc pour une procédure de divorce par consentement mutuel engagée conjointement entre monsieur Jacques Martin et vous-même, enregistrée sous le numéro « x », en date du « tant ». Vous... souhaitez toujours divorcer ?

– Oui, oui.

L'ironie de sa voix me dérangeait. Assise en face d'elle, les mains jointes sur les cuisses, j'avais le sentiment de passer le grand oral de l'agrégation. « Cet entretien permet au juge d'acquérir la conviction que la volonté de chacun des époux est réelle. On ne vous demandera pas d'expliquer vos motivations », m'avait prévenue l'avocate. Pour autant, je me sentais obligée de me justifier.

– Rappelez-moi votre âge...

– J'ai trente-cinq ans.

– Vous êtes jeune... Vous ne travaillez pas ?

– Non. J'ai arrêté de travailler vers l'âge de vingt ans. Mais je suis prête à...

– Et vous comptez refaire votre vie ?

– Pour l'instant, je n'en sais rien, madame la juge. J'ai deux enfants encore petits, ce qui signifie que je vais devoir gagner de quoi les élever.

– L'un n'empêche pas l'autre, madame Martin.

Cette magistrate froide et sévère m'agaçait prodigieusement. Je la voyais en censeur – elle avait d'ailleurs tout pouvoir pour ne pas homologuer notre convention, arguant notamment de l'état de santé de Jacques – et j'avais un mal fou à faire profil bas.

– Vous savez, je pense que je ne remarierai jamais.

– Ah bon ? Et pourquoi cela ?

– Je trouve profondément humiliant, et dégradant, d'avoir à rendre des comptes à la justice dès lors qu'on choisit de prendre un tournant dans sa vie. Quitter quelqu'un n'est pas chose facile. Apposer sa signature en bas d'une page non plus.

– Hélène, veuillez appeler monsieur Martin, je vous prie.

Après m'avoir invitée à sortir, la greffière s'exécuta. Paul poussa le fauteuil de Jacques jusqu'à l'intérieur de la pièce, et revint vers nous. Je rendis compte à l'avocate de la nature de mes échanges avec la juge, et m'inquiétai de ce qui pouvait bien être dit maintenant de l'autre côté de la porte. Elle comme moi redoutions, jusqu'au dernier moment, que Jacques fasse volte-face. Sortir de là sans être divorcée aurait eu le goût d'une condamnation à perpétuité. Je replongerais à vie dans une ambiance délétère et ne serais plus crédible aux yeux de personne. Une fois encore, j'aurais préféré nous épargner ce passage par la case « divorce ». Mais deux choses me confortaient dans l'idée que ma présence ici se justifiait. L'incitation manifeste de mes enfants, et plus particulièrement de Juliette, à faire évoluer une situation devenue intenable. Entrer dans le clan des enfants de parents divorcés lui faisait certes de la peine, mais elle savait que nous ne divorcions pas parce que nous nous détestions, ni parce que nous étions en colère. Juste parce que le qu'en-dira-t-on ne voulait plus de nous comme mari et femme. Par ailleurs, je sentais que ma confiance en moi s'était épaissie au fil des ans et je savais désormais faire preuve d'une plus grande assurance. Je demeurais responsable de Jacques, mais lui ne le serait plus de moi.

Au bout de quinze longues minutes, j'entrai à nouveau dans la pièce, en compagnie de notre avocate. Une multitude de feuilles, en quadruple exemplaire, était étalée sur le bureau. Il ne manquait plus que notre signature. Dans ces moments-là, à l'instant même où vous laissez la plume du stylo glisser sur le papier, c'est toute votre vie qui défile dans votre dos. Vous vous rappelez le chemin parcouru, les milliers d'heures partagées, les étapes ayant fondé une à une un amour que vous croyiez à toute épreuve. Surtout, vous vous dites que vous avez tout essayé. Pour bien faire, pour faire mieux. Drôle de récompense que d'en arriver là.

Je n'avais pas d'autre choix. Je ne divorçais pas pour Jacques, ni à cause de Jacques. Tout cela n'était pas sa faute. En paraphant un à un les feuillets de cette fichue convention, je traçais en pointillés un futur qui ne dépendrait plus de la survie, ou de la disparition, de l'homme que j'aimais. J'écrivais un « NON », en majuscules, sur une vie de femme condamnée par ricochets. Ceux de la maladie, ceux des bagarres autour d'interminables histoires de succession. J'avais conscience de causer à Jacques une peine immense dont, dans ce bureau, il ne montra absolument rien. Et je jure m'être fait violence pour en passer par là. Mais valait-il mieux être veuve que divorcée ? Dans les deux cas, c'était un deuil.

À la sortie du tribunal, nous avons tous les quatre échoué dans la première brasserie croisée sur notre chemin. Il est idiot de se souvenir de pareils détails, mais Jacques commanda une andouillette et moi un boudin aux pommes. Plus jamais nous ne reparlâmes de ce que nous venions de faire.

*
**

Je me suis acheté une perruque brune, rue Duphot. Je la déteste. Elle m'irrite le front et la nuque, me transforme en un personnage que je ne suis pas. Pourtant, je suis bien obligée de l'enfiler dès que je quitte Neuilly pour rejoindre Alexandre. Les photographes sont en permanence à nos trousses et, depuis quelque temps, j'ai l'impression que tout le monde me surveille. Sans compter les malveillances. Je retrouve fréquemment les pneus de ma voiture crevés ou la carrosserie rayée. Mes amis, lorsqu'ils sortent sur le perron après dîner, se font copieusement insulter. Je m'étais préparée à cette calomnie, pas à cette violence. Juliette et Clovis ne sont pas épargnés par ces tensions insupportables, ces menaces qui pèsent y compris au petit matin, lorsque je les accompagne à l'école.

Ailleurs, eux comme moi puisons tout ce que nous pouvons encore puiser dans les heures que nous passons auprès de Jacques. Il renaît sitôt que les petits franchissent la porte, lui sourient, le câlinent. J'appelle cela du « temps miracle », comme si un sablier s'était retourné d'un coup, d'un seul, et que les mois nous étaient comptés. Notre divorce n'a pas révolutionné l'attachement que j'ai pour Jacques, et ma présence à ses côtés revêt un caractère encore plus essentiel qu'avant. Être là pour lui, c'est aussi montrer à mes enfants qu'il demeure leur père et que je continue à le faire exister dans nos vies.

J'ignore s'il a remarqué que je me rendais désormais l'esprit plus léger à son chevet. Mon énergie est décuplée. Je suis plus disponible, moins stressée, moins anxieuse. J'avance sans faire de mal, heureuse avec mon petit secret et mes bonheurs d'à côté. Devrais-je en rougir alors même que je perpétue la « tradition » de mes déjeuners avec Jacques au restaurant ou à la cafétéria de la résidence ? Non. Mais je vois bien que notre duo fonctionne maintenant à deux vitesses. À sa main gauche brille encore son alliance et, dans sa tête, je suis encore Madame Martin. Je ne l'embrasse plus en arrivant, mais il cherche encore mes lèvres et mon affection. Il me demande si j'ai quelqu'un.

– De toute façon, qu'est-ce que cela changerait ?

J'évite savamment le sujet, convaincue qu'il n'a pas envie de savoir. Que d'autres, peut-être, sont passés avant moi pour lui dire tout le bien qu'ils pensaient de ce que je faisais au-dehors.

– Je suis là, je m'occupe de toi, tout va bien, Jacques. N'écoute pas ce que les gens disent.

Il n'a pas eu besoin d'écouter longtemps. Un matin, j'ai fini par recevoir un appel de notre avocate.

– Je vous avais dit d'être prudente ! Vous faites la une de *Voici* avec Alexandre.

Moins d'une heure après, un des membres du clan déposait la revue sur les genoux de Jacques. Je l'entendais d'ici : « Regarde un peu ce qu'elle fait, ta femme, pendant que tu es dans ton lit ! » Il ne pouvait pas répondre que nous étions divorcés, puisqu'il voulait garder le secret, et moi non plus.

De toute façon, il ne me parla jamais de cet incident, qui me fut néanmoins relaté.

Il passa Noël avec les enfants et moi à Neuilly, comme si de rien n'était. Comme s'il n'était jamais parti. Il ne put monter à l'étage mais retrouva, au salon, le décor qu'il avait connu. Des repères, des couleurs, des odeurs. Il ne sut pas que sa phénoménale collection de livres avait été transférée au garde-meubles, ainsi que l'exigeaient les clauses de la convention de séparation, ni si Juliette avait eu le temps d'en feuilleter un ou deux. Lui qui s'était amusé à glisser entre les pages de dizaines d'entre eux des billets de cinq cents francs, à l'époque où cette monnaie avait encore cours, désespérait que ses enfants les trouvent un jour.

– Et dire que personne, ici, ne s'enrichira grâce à la lecture ! se lamentait-il en plaisantant.

Ce soir-là, Jacques eut un mal fou à repartir. Il voulait tout sauf recroiser la directrice de la résidence, qui ne lui inspirait plus que de la méfiance ; il ne voulait pas entendre au-delà des cloisons les gémissements des autres résidents, encore moins valides que lui ; ni respirer l'odeur du détergent mêlée à celle des repas tièdes servis à certains d'entre eux dès que s'entrebâillait la porte de sa chambre.

Finalement, Jacques m'informa de son désir d'aller sans moi fêter le nouvel an à Biarritz, où David le rejoindrait le temps du réveillon. Je me faisais une joie de le savoir à l'hôtel du Palais, dans un cadre qu'il adorait, fondu dans un environnement moins hostile à son moral déclinant. Il s'imaginait volontiers passer quelques jours avec son fils aîné, récemment divorcé et probablement désireux de renouer avec son père.

Tout était prêt pour le voyage, lorsqu'un nébuleux malentendu fit capoter ce joli projet. Jacques partirait seul ; il fallait repenser tout le séjour.

J'appelai aussitôt Leïla.

– David ne vient pas.

– Comment allons-nous faire, Céline ? Je ne peux m'occuper de Jacques toute seule.

Je sentais Leïla disposée à se dévouer au maximum pour Jacques, y compris en faisant faux bon à notre ami Pierre Gueracague, boucher reconverti dans la production de foie gras à Ascarat, chez lequel se déroulait chaque nouvelle année depuis vingt-cinq ans. En aucun cas, c'était évident, Jacques n'aurait pu réveillonner à la ferme avec eux.

– Il a envie de descendre à Biarritz, Leïla. Il n'en peut plus d'être ici. Aide-moi ! Trouvons une solution.

Silence au bout du fil.

– Bon ! Tu me l'envoies avec son infirmière et son smoking ! On se débrouillera.

Le lendemain, Jacques arrivait à bord d'une voiture médicalisée sur les rives de l'Atlantique, accompagné de son chauffeur Alfredo et d'une dame en blanc. Qu'il y tenait, à cette voiture noire à cinq portes ! Interdiction d'y toucher sans son accord !

À l'hôtel, dirigé par le parrain de Clovis, sa chambre avait été spécialement aménagée afin qu'il puisse y circuler librement en fauteuil. Quelques-uns des meubles s'étaient rapprochés des murs et une barrière avait été fixée à son lit. L'infirmière aurait sa propre chambre, juste à côté.

M'avertissant de l'arrivée sans encombre de son ami, Leïla me confia le choc qu'elle avait éprouvé en le retrouvant. Faute d'avoir pu le voir régulièrement, elle était loin de s'imaginer un homme si diminué, si amaigri, dont le visage aux traits tirés se laissait tout juste fendre par un sourire qu'elle avait vu plus franc, autrefois. Sa peau, même, n'avait plus le même reflet, et l'on cherchait sur son crâne quelques cheveux encore bouclés qui, parce qu'ils lui donnèrent longtemps un air d'éternel jeune homme, contribuaient à l'allure insolente de celui que Leïla avait connu.

Le soir du 31 décembre 2006, au rez-de-chaussée de l'hôtel, l'orchestre résonnait fort pour les convives qui s'étaient pressés à cette grande table biarrote. Depuis Neuilly, j'imaginais Jacques, poussé dans son fauteuil par une Leïla dévouée, redécouvrant un par un les recoins de ce palace qu'il avait appris par cœur à force d'y séjourner. Rien, là-bas, ne lui était étranger. Ni le bruit des vagues se cassant quinze mètres sous ses pieds sur les rochers anthracite de la côte basque ; ni le décor ouaté des chambres et des suites préparées à l'heure du souper par l'équipe de nuit, qui déposait de chaque côté du matelas une descente de lit en coton blanc et une paire de pantoufles en éponge immaculée ; ni les rideaux qui se fermaient pan après pan, dès la fin d'après-midi, afin de tenir tout le monde au chaud mais que Jacques rouvrait sans arrêt pour pouvoir admirer la vue ; ni les cris étouffés, enfin, des clients du casino voisin, qui venaient de décrocher le jackpot. C'était autre chose, quand même, que les couloirs froids de la maison de repos, que Jacques avait fini par comparer à un camp de la mort, sans se rendre compte de l'offense qu'il faisait à ceux qui étaient passés par là.

Leïla et son mari Gaby, Jacques et l'infirmière laissèrent aux fanatiques de cotillons le festin de nouvel an facturé cinq cents euros.

– Pas la peine d'enfiler ton smoking, avait dit Leïla à Jacques. Allons dîner à la carte dans la salle d'à côté.

L'odeur de cigares y était moins forte, et les notes de l'orchestre plus diffuses.

Jacques était à l'aise dans cet endroit. Il y avait ses habitudes depuis des années, connaissait si bien le personnel qu'il en appelait certains membres par leur prénom. Finalement, il s'y sentait un peu comme en famille et appréciait que les lieux soient un endroit de passage au sein duquel, parfois, les gens le reconnaissaient. Jacques était entouré. Il avait sa cour. Il regagnait une existence qu'il n'avait plus à l'Empire.

À l'issue du dîner, il prit la parole :

– Je ne bouge plus !

Leïla eut un sursaut de frayeur, craignant qu'il ne soit paralysé d'un nouveau membre.

– Comment ça, tu ne bouges plus ?

– Je suis très bien, ici. Je n'ai pas envie de partir.

– Voyons, Jacques, tu as tout ce dont tu as besoin, là-bas, à Paris. Céline, Juliette, Clovis, tes médecins. Plein de gens s'occupent de toi.

– Des conneries, tout ça ! Et cette punaise de directrice qui n'en veut qu'à mon argent ! Tout le personnel est méchant avec moi. C'est affreux, Leïla, je te dis ! Tous ces gens m'emmerdent !

– Tu ne peux pas rester, Jacques... Sois raisonnable.

– Je vais rentrer, d'accord... mais je reviendrai ! Je veux que l'on s'occupe de moi.

– Alors j'attendrai ton retour. Promis.

Leïla n'a jamais eu qu'une seule parole. Trois jours plus tard, Jacques regagna sa chambre médicalisée à Paris. Il avait tellement peur qu'on le retienne qu'il ne dit au revoir à aucun membre du personnel de la résidence. Il régla lui-même la note de ses frais d'hospitalisation et fila à l'anglaise.

– Je veux mourir là-bas, dans cet hôtel, m'avait-il dit. Tu as quarante-huit heures pour organiser mon départ.

Il avait décidé, lui aussi, de tourner la page. Étrangement, sur le coup, cela me fit mal. J'avais divorcé par peur de le voir mourir et de mourir peu à peu avec lui, j'avais désormais « un autre homme dans ma vie », comme on dit, mais voir Jacques quotidiennement m'était indispensable. Je me consolai en me disant que sa décision était la bonne : mieux valait poursuivre ses jours en regardant la mer que de se désespérer dans une maison de repos qu'il considérait comme une prison.

Je me mis à faire ses valises...

– 12 –

Jacques n'emporta rien de significatif avec lui. Ni livres, ni objets, ni souvenirs. Du linge, ses costumes, ses pulls préférés, beaucoup de chemises blanches, c'est tout. Il avait eu, aussitôt après le divorce, comme un instinct de survie et fait le choix de rebondir, après une trop longue période passée à ne prendre aucune décision. Ce déménagement fut pour lui un coup de fouet.

Le directeur de l'hôtel du Palais nous avait facilité la tâche, en libérant une suite résidentielle dont le salon communiquait avec deux chambres supplémentaires. Ce grand appartement, décoré d'étoffes lourdes et précieuses, meublé dans le style second Empire, ouvrait directement sur la mer. Les hautes fenêtres laissaient entrer la lumière comme nulle part ailleurs dans l'hôtel, sauf peut-être dans la salle de la Rotonde, le restaurant gastronomique. La vue, d'ici, était imprenable. Du phare de Biarritz au rocher de la Vierge, un panorama infini... Il n'avait pas changé depuis seize ans, à l'époque où Jacques m'avait emmenée en ville, telle une princesse, acheter cette petite robe blanche que j'ai gardée longtemps, comme une relique.

Le recrutement d'une escouade d'infirmières « à domicile » apparut comme le chantier le plus urgent auquel s'atteler. Sitôt Jacques arrivé à Biarritz, Leïla mit sa vie privée entre parenthèses : Gaby, son mari, Mamichette, sa mère de quatre-vingt-quinze ans, et son frère, lourdement handicapé. Sans tarder, elle joua de son carnet d'adresses rebondi pour parfaire l'installation de son très cher ami. Appel Médical, une société d'intérim spécialisée dans le placement de personnel soignant chez les particuliers, nous soumit une trentaine de curriculum vitae. Tout un casting ! Les critères de sélection sur lesquels Leïla et moi avions insisté poussèrent la directrice de l'agence de Bayonne à effectuer un premier tri au sein de ses équipes. Nous savions mieux que quiconque quel genre de professionnels était à même de supporter un travail comme celui-là... auprès d'un malade comme celui-ci. Victime, encore et toujours, des effets secondaires que produisaient les mélanges médicamenteux, Jacques pouvait se montrer particulièrement borné ou agressif. Il fallait avoir du cran pour se laisser dire que l'on était « une bonne à rien » ou une « sombre idiote », après avoir passé des heures à s'occuper de lui, à le soigner, à le bichonner. Il fallait également de l'expérience, de la patience, de l'endurance. Aux cinq infirmières que nous recrutâmes finalement, et qui se relayaient au fil de la semaine – par deux ou par trois – fut réclamée la plus grande discrétion autour de l'état de santé de leur patient. Ni Jacques, ni Leïla, ni moi n'aurions toléré la moindre fuite dans la presse, même si dehors, déjà, la rumeur enflait.

Car les mauvaises langues ne s'étaient pas tues et les insultes continuaient, par des voies détournées, à pleuvoir sur mes épaules de jeune divorcée clandestine. On s'étonnait du « train de vie » que menait Jacques depuis son départ de Neuilly. Et, dans tout Paris, on m'accusait des pires maux, prétendant que tout cela était bien évidemment *à cause de moi.* « Non content de s'être acheté un jour un château dans l'arrière-pays, voilà qu'il loge dans un palace et dilapide tout son argent ! » s'exclamait-on, non sans insinuer que quelques âmes mal intentionnées – parmi lesquelles moi-même, à tout hasard – en profitaient pour vivre à ses crochets, dans le luxe jusqu'au cou. Je n'avais que faire de ces rumeurs, j'essayais juste d'éviter qu'elles parviennent aux oreilles de Jacques. Et quand bien même les gens critiquaient le choix qu'il avait fait de s'exiler dans un cinq étoiles plutôt que dans une maison de retraite, je partais du principe que cela était on ne peut plus mérité compte tenu du travail qu'il avait fourni pendant tant d'années. Il avait là encore, et même pour une raison aussi peu réjouissante que son état de santé, les moyens de réaliser son rêve : vivre à l'hôtel. De ses rentes, et sans entamer d'un seul centime son capital.

À l'hôtel du Palais, la suite de Jacques Martin était devenue une petite entreprise à elle toute seule, gérée de main de maître par une Leïla au cœur d'or, tour à tour directrice des ressources humaines, comptable et présidente du conseil de surveillance. Il fallait tout à la fois assurer la rotation des soins prodigués à ce client fort exigeant, jongler avec les trente-cinq heures et les salaires des cinq infirmières, prévoir un roulement suffisant du côté du pressing, s'approvisionner à la pharmacie, anticiper les rendez-vous successifs à la clinique pour une radio ou un scanner, contrôler les factures de minibar et de room-service, récupérer au bureau de poste le plus proche – quand je ne les apportais pas moi-même – le dentifrice et l'eau de toilette préférés de Jacques. Un métier à plein temps, entre intendance et mises au point, que je déléguai progressivement à Leïla, me rendant souvent à Biarritz mais demeurant à Neuilly pour la scolarité des enfants.

Je savais que Leïla faisait tout ça pour Jacques, pour moi, pour qu'il ait une vie – ou une survie – encore et toujours fidèle aux plaisirs qui étaient les siens. Il n'élevait jamais la voix en sa présence ; elle lui cédait le moindre de ses caprices. Je lui faisais une confiance totale, et jamais elle n'eut la moindre velléité de se substituer à moi dans le but de récolter quelque laurier. Nous nous appelions tous les jours, peu après le retour de l'école des enfants et juste avant le dîner de Jacques. Juliette et Clovis lui racontaient leur journée, puis je lui parlais à mon tour. Enfin, Jacques me passait son valeureux chaperon.

– C'est quelque chose, ton Jacques ! me dit un jour Leïla.

– Qu'a-t-il encore fait ?

– Figure-toi qu'en traversant les sous-sols de l'hôtel pour rejoindre la piscine, Monsieur n'a pas voulu que je pousse son fauteuil en restant derrière. Quelle tête de mule !

– Comment ça ?

– Il voulait que je reste à côté de lui ! Je te laisse imaginer le tableau. Faire avancer une chaise roulante en marchant sur le côté droit... Pas facile quand il y a tout juste la place pour se croiser avec les chariots de vaisselle des gars de la plonge ! Et lui, propre comme un sou neuf dans son peignoir blanc, d'exiger que l'on « marche » côte à côte !

J'avais beau savoir que Leïla se donnait sans compter, ni rien réclamer d'ailleurs, je culpabilisais parfois de ne pas être là-bas pour la soulager un peu et demeurer auprès de Jacques. Pour autant, les médecins avaient fait de moi leur interlocutrice privilégiée. Depuis le temps, les comptes rendus de prises de sang, les taux de glycémie et bulletins de santé en tout genre n'avaient plus aucun secret pour moi. Je parvenais à décrypter la moindre anomalie, m'appliquant à consigner dans un classeur les quelques documents que je recevais. Tout le courrier de Jacques continuait d'ailleurs d'arriver à Neuilly, à l'exception de ses relevés de comptes, que conservait sa banque.

Par moments, toutefois, je cherchais à comprendre comment Jacques avait trouvé la force de partir. Si j'avais eu la plus grande peine à divorcer, lui n'avait jamais paru aussi décidé qu'en choisissant de quitter Paris... et nos deux enfants. Une témérité que je préférais mettre sur le compte du ras-le-bol dont il souffrait quotidiennement en maison de rééducation, ainsi que sur la peur insensée de ne pas pouvoir mettre en scène sa propre fin. Fort heureusement, il y avait les week-ends, et toutes les vacances, que nous passions avec lui. Pour Juliette et Clovis, ces séjours avaient au fond quasiment le même goût, le même parfum d'enfance que ceux qu'ils avaient connus plus jeunes. Tout bébés, même, puisque j'ai en mémoire les films de nos étés basques, sur lesquels Clovis trône encore dans une poussette pendant que sa sœur, en robe légère et froufroutante, tournoie aux abords de la grande piscine de l'hôtel. Bronzé, hilare, pieds nus, toujours dans ce moelleux peignoir blanc, Jacques rivalise de grimaces avec eux. Le temps du bonheur, presque une caricature.

Mais des rires, il y en avait également en ce début 2007. Juliette et Clovis, débordant d'énergie, jouaient insouciants autour de leur père, taquinant les infirmières, se félicitant sans le dire de voir Jacques moins abattu que lorsqu'il était en rééducation près de la maison. Comme chaque séjour durait au moins quarante-huit heures – et davantage encore pendant les congés scolaires – ils partageaient surtout un peu plus de son quotidien. Assis avec lui à table, dès le petit déjeuner, ils avaient avec Jacques les mêmes échanges que ceux qu'auraient eus des enfants avec un père bien portant, en costume, rasé de frais et dans les starting-blocks pour aller travailler. Sauf que Jacques, lui, avait troqué ses complets vestons contre des corsaires beiges ou blancs, des chemises sans cravate et une écharpe rayée d'un camaïeu de bleus que lui avait offerte Juliette. Lui qui avait tout le temps froid s'emmitouflait dedans été comme hiver, refusant de s'en séparer ne serait-ce que quelques minutes. Il tenait aussi beaucoup à une veste en laine Lacoste, bleu marine, que nous avions achetée ensemble. Je sais bien que Leïla la trouvait hideuse et déformée ; pourtant, elle respectait jusqu'aux goûts et manies les plus discutables de Jacques, sans chercher à dicter sa loi. De toute façon, s'il considérait que la tenue choisie la veille par Leïla, et posée sur le valet, n'était pas conforme à son souhait, il restait en pyjama jusqu'à ce qu'on lui enfile son ensemble préféré ! Même caprice côté coiffure, Jacques attachant une importance soudain énorme au sens donné à ses mèches et à la raie qui les séparaient les unes des autres. Quelle guerre chaque matin avec les infirmières ! Quel drame cela faisait si sa chevelure n'était pas apprêtée au vaporisateur de lotion fixante !

*
**

Lors de ma toute première visite, je découvris jusqu'où Leïla s'était impliquée dans son rôle de garde-malade en chef. Je ne le remarquai pas immédiatement, mais les murs de la chambre dans laquelle Jacques dormait étaient tapissés de portraits de famille. Celles et ceux qui comptaient ou avaient compté dans sa vie illuminaient de leur sourire, chacun dans son cadre, la pièce où leur dénominateur commun – Jacques – avait élu domicile : Élise,

David, Frédéric, Jean-Baptiste, Judith, Jeanne-Marie, Juliette, Clovis : ses huit enfants, et même Cécilia, habitaient l'endroit à leur façon.

J'appris également que la télévision avait de nouveau droit de cité dans sa vie, puisque la suite comptait au moins quatre téléviseurs.

– Et encore, tu n'as pas tout vu ! me lança Leïla.

Dans l'un des buffets du salon, une étagère entière supportait une collection de DVD de films anciens. De grands classiques, à commencer par *Certains l'aiment chaud.* Le somptueux jeu de Tony Curtis et de Jack Lemmon le faisait rire parfois jusqu'aux éclats. Notamment cette scène mythique entre Osgood (Joe E. Brown) et Daphne, avec cet échange absolument intemporel : « Tu ne comprends pas, Osgood, je suis un homme ! – Eh bien... personne n'est parfait ! »

– Ce film, Jacques le regarde tous les jours. Obligatoire !

– À ce point-là ?

– Il ne s'en lasse pas. Ça l'aide même à s'endormir, de temps en temps. Ah ! Et regarde ça, Céline.

Leïla me désigna, sur un guéridon, un gros poste de radio flambant neuf.

– Les infirmières et moi, on s'est cotisées pour le lui offrir. Ça marche avec tout : les cassettes, les CD...

– Mais... Jacques... Je croyais que tu ne voulais plus écouter de musique...

Il eut ce mouvement que je lui connaissais bien quand il se moquait de ce qu'on lui disait, haussant les épaules et les yeux au ciel en même temps, la moue dédaigneuse.

– Plus de musique ? Mais si, mais si, voyons ! Mets-lui du Pavarotti ou du Placido Domingo. Tu verras un peu ! Je ne te parle même pas de Judy Garland, qui passe ici en boucle... Les filles sont un peu jeunes pour apprécier, c'est pas trop leur truc mais bon... Ça y va, la musique !

Leïla avait tout fait dans les règles, parvenant même – sans le savoir – à lui redonner goût à ses plus grandes passions.

En notre absence, elle emmenait Jacques se balader en taxi ou prendre l'air sur la plage d'en bas. Jacques, me racontait-elle, n'aimait rien tant que rester là à regarder la mer, sans forcément beaucoup parler. Mentalement, il faisait du bruit des vagues et de celui du ressac sa propre mélodie, s'échappant par la pensée, des lunettes de soleil fumées vissées sur son nez. Et toujours cette même écharpe bleu marine et bleu ciel qui battait, y compris au plus léger souffle de printemps.

Pour casser un peu la routine des soins et lui faire recouvrer un semblant de liberté – l'ouverture en grand des portes-fenêtres de la chambre ne suffisait pas toujours à le contenter – Leïla organisait parfois une brève excursion dans les bois de Chiberta, situés à la frontière du golf de l'Impératrice. Slalomant entre la pinède majestueuse d'Anglet et le bord de mer fouetté par les vents, la balade se voulait revigorante. Pourtant, lors de chaque sortie hors de l'hôtel du Palais, il n'était pas question de partir sans téléphone portable. Leïla me prévenait d'ailleurs avant de quitter l'hôtel et me rappelait sitôt franchi le pas de la porte de sa chambre.

*
**

La procédure de divorce ne m'avait pas laissé le choix : je devais rendre à Jacques les biens lui appartenant. Dans la mesure où ceux-ci n'auraient pu trouver leur place là où il logeait – l'aurait-il seulement souhaité ? – je décidai de les transférer au garde-meubles. Il me fallut, pour cela, opérer un tri malheureusement inévitable.

Vider les placards – nos placards – des effets personnels de celui qui m'avait accompagnée pendant dix-sept ans fut une chose plus difficile encore que je l'aurais imaginé. Un matin, après avoir déposé Juliette et Clovis à l'école, je décidai de m'atteler à la tâche. Par où commencer ? Comment résister à l'envie de ne surtout rien déplacer... au cas où ? Ou à celle d'en garder le maximum pour ne rien oublier ? Ouvrant grand un carton couleur sable ceinturé de large ruban adhésif, je m'installai dans le dressing attenant à notre chambre. J'ouvris tout à trac les portes de deux des armoires et tirai au moins quatre tiroirs. Pour la première fois, j'avais la sensation de fouiller dans les affaires de Jacques, de toucher à l'interdit. Au sacré, en fait. « Ne te débarrasse pas des vêtements de papa ! » m'avait suppliée Juliette, craignant que j'en glisse des tonnes dans de grands sacs-poubelle pour les donner aux bonnes œuvres neuilléennes. J'eusse, de toute façon, été dans l'incapacité de commettre un tel acte.

Coulissant sur leurs rails les uns après les autres, les rangements exhalaient encore l'odeur du linge frais ou déjà parfumé par la peau de celui qui l'avait porté, même il y a longtemps. De vagues effluves de Knize Ten se répandaient dans la pièce, plus sensiblement encore lorsque le mince souffle de mon passage devant eux les faisait envoyer un relent très diffus de bois fumé, reconnaissable entre mille. Les notes boisées étaient bien celles du parfum de Jacques ; celles qui, dès l'ascenseur que nous empruntions avenue de Madrid pour regagner notre appartement, me disaient si oui ou non il était déjà rentré. Bien qu'il se parfume toujours avec le même jus, je savais que ces fragrances n'étaient pas exactement les mêmes que celles d'autrefois. À l'origine si subtil, le parfum de Jacques était désormais altéré par celui de la pharmacopée qui l'entourait au quotidien et les relents de produit désinfectant qui se dégageaient des diverses institutions médicalisées où il avait séjourné. À Biarritz, c'était plutôt l'eau de Cologne que les infirmières utilisaient pour le frictionner vigoureusement.

Un à un, je mis les pulls de Jacques, dont certains étaient sans doute trop petits, dans un premier carton. Chacun d'entre eux me rappelait un moment partagé à deux, un voyage, une parole, une promesse, un dîner. Ces laines et ces cachemires, tous de couleur différente, étaient autant de diapositives de notre histoire. Délaissés, inutiles depuis des années, ils étaient sur le point de fondre sous les péripéties de la vie, et voilà que je les enfermais dans des cubes puant la pâte à papier recyclée et la colle industrielle. Pas de quoi être fière, à ainsi préparer le terrain – puisque tel était mon sentiment – de sa disparition. Car je savais bien que tous ces cartons reviendraient directement à ses enfants le jour de sa mort.

Je répétai la même manœuvre, tantôt si lourde, tantôt empreinte d'un certain automatisme, avec ses chemises, ses pantalons, ses vestes, prenant soin sans m'en rendre compte de tout plier précautionneusement. Au gré des compartiments explorés, je découvris une vieille boîte d'allumettes publicitaire, datant de l'époque où le « 0 » ne servait pas encore de préfixe aux numéros de téléphone ; une montre à laquelle manquait la moitié du bracelet ; l'exemplaire d'une photo de Jacques, tirée en quantité pour ses séances de dédicace, et qui s'était égarée entre ses paires de chaussettes. Dieu qu'il avait changé...

Pour Juliette, je mis de côté une ou deux chemises, quelques cravates et une veste. Ainsi, me semblait-il, je ne le chassais pas tout à fait de chez nous. De toute façon il était, il serait toujours là.

Je voulus en outre que tout ce qui avait un minimum de valeur parte également au garde-meubles : on aurait été bien capable de m'accuser d'un quelconque recel. Je ne gardai donc que les lits, une paire de canapés et de la vaisselle : rien que des meubles ou des objets que nous avions achetés ensemble, et sa collection de disques de musique classique.

– 13 –

Enfin les vacances de février ! Quinze jours devant nous quatre pour rattraper un peu de notre temps perdu. Les enfants ont hâte de rejoindre leur père. J'ai, moi aussi, très envie de revoir Jacques. Comme à chacune de nos visites, Leïla a dû se plier au même rituel : appeler Jacques de l'aéroport et lui commenter en direct notre débarquement de l'avion.

– Oui, l'avion vient tout juste de se poser... Non, pas encore... Attends... Ça y est, ils ouvrent la porte avant ! Oh, deux minutes, Jacques... Voilà, je vois Clovis... Quoi, *qu'est-ce qu'il fait ?* Il descend la passerelle, tiens donc ! Juliette est juste derrière, oui... Oh là là... Elle est toute belle ! Habillée comment ? Tu verras ! Ah, ça y est, j'aperçois Céline. Voilà, tout le monde est là. Je vais les récupérer au tapis roulant et on arrive... Mais oui, je serai prudente !

*
**

Je ne supporte plus cet hôtel. Théâtre, autrefois, de mille bonheurs, synonyme du « tout va bien », il s'apparente désormais à un endroit complètement éteint, où « tout va mal ». Si luxueux soit-il, il a pris le visage d'un lieu dont on se dit qu'il aurait mieux valu ne jamais y retourner, un peu comme ces villes ou ces pays étrangers où l'on revient chercher quelques belles émotions ou revivre quelque souvenir, mais qui finissent par nous décevoir parce qu'ils ne sont pas à la hauteur de nos joies passées.

Rien n'a bougé depuis notre dernier séjour. L'appartement est toujours envahi par le matériel médical – au moins deux ou trois chariots garnis d'une douzaine de flacons, un porte-perfusion en inox, un coin à pharmacie – et certains objets se sont plus fondus encore dans le décor de cette chambre de palace. Parmi eux, la Bible à demi ouverte et posée sur son socle en métal doré, que Jacques garde tout le temps près de lui, sur sa table de nuit. Elle trônait avant dans son bureau du théâtre de l'Empire et, contrairement au portrait de Gérard Philipe qui resta à la cave, il avait tenu à l'emporter avec lui à Biarritz. Une baguette de chef d'orchestre, elle aussi, reste à portée de main.

Il se passe, par ailleurs, une chose très étrange. Cette sorte de gêne sentimentale qu'il y a à se retrouver face à une personne dont vous savez qu'elle vous aime encore profondément, alors que vous-même êtes aimé d'un autre. Des deux côtés, il y a du non-dit. Celui qui aime se garde bien de l'avouer ; celui qui est aimé, aussi. Pourtant, ma relation avec Alexandre est désormais connue, tout comme mon divorce d'avec Jacques, depuis que son conseiller financier, M. Debeyne, a jugé préférable d'en informer la famille en toute transparence.

Je n'ai jamais fait semblant, avec Jacques. Dès que l'envie et le désir ont disparu de notre ciel, je ne me suis pas obligée à quoi que ce soit. J'ai arrêté de l'embrasser bien avant notre divorce, amorçant un détachement devenu nécessaire. J'ai laissé aux enfants le soin de le câliner, et ose à peine déposer un baiser sur son front ou lui passer une main sur l'épaule lorsque nous sommes ensemble. Si j'agissais autrement, j'aurais l'impression d'être une usurpatrice, et surtout une menteuse. Je ne veux pas lui donner de faux espoirs ou lui faire croire, à travers quelques caresses, regards ou marques d'affection trop tendres, que notre histoire s'écrit encore à quatre mains. L'amour que je lui porte reste total, immense, indélébile, mais ce n'est plus une passion amoureuse. Qui s'en étonnerait ?

Bien que la santé de Jacques ait empiré, nos nuits biarrotes sont plus calmes que ne le furent certaines de nos nuits neuilléennes. Nous dormons dans une des chambres de la suite, sans être à l'affût, ni guetter le moindre bruit suspect laissant penser que Jacques a besoin d'aide, puisque les infirmières dorment dans la chambre voisine. Il se couche bien plus tôt que nous, qui entrons à pas de loup par la porte des invités, après dîner.

Le matin, au moment des soins, je m'arrange toujours pour éloigner les enfants de certaines scènes, de certains bruits. Jacques, qui ne supporte plus qu'on le touche, crie énormément. Il s'énerve contre les infirmières, chacune en prenant pour son grade. Il hurle parce qu'il a mal et que les bandelettes qu'on pose sur ses escarres lui font l'effet d'autant de petites aiguilles plantées sous sa peau. Il hurle parce qu'il a peur que les filles le fassent tomber en le portant du lit au fauteuil ou du fauteuil au lit.

– Ne me touchez pas ! Vous allez me faire tomber ! Il n'y a que ma femme qui sache faire ! Vous n'y arriverez jamais, voyons ! Vous êtes toute menue !

Mais Jacques crie aussi de panique, notamment lorsqu'il s'agit de l'installer dans la baignoire pour sa toilette quotidienne.

– J'ai peur ! J'ai peur ! Laissez-moi mourir !

Je ne veux pas que Juliette et Clovis entendent cela. D'ailleurs, leur père ne veut pas mourir : il veut tout simplement qu'on lui foute la paix. Il ne parle même jamais du jour où il partira, sauf pour dire qu'il aimerait bien que ses cendres soient dispersées dans l'Atlantique depuis le rocher de la Vierge. Ce à quoi Leïla lui répond : « Te jeter dans la mer ? Mais tu ne sais même pas nager ! »

Jacques regrette toujours de s'être emporté, y compris vis-à-vis de Ludmila, médecin diplômée en Biélorussie mais interdite d'exercer en France faute d'équivalence de diplômes et obligée de jouer les infirmières pour gagner sa vie. Il l'adore, pourtant elle aussi se fait copieusement insulter... et pardonne. D'autres, plus faibles qu'elle, vexées par les mots de leur patient, ont jeté l'éponge. Jacques en a usé, des infirmières, à force de les traiter de tous les noms ! Et lorsqu'on lui annonce que l'une d'elles a préféré démissionner, il ne comprend pas.

– Oh non, c'est pas possible... À cause de moi ? Je suis vraiment désolé...

Il est sincère.

Je suis la seule autorisée à conduire sa voiture et l'en fais profiter le plus possible. Seulement, le moindre déplacement suppose une logistique relativement lourde et une planification maximale. L'heure n'est plus aux libertés que nous prenions autrefois, embarquant au débotté dans un avion de ligne, filant droit vers une plage au moment même où l'envie nous en prenait, ou déjeunant à la table d'un grand chef alors que rien n'était prévu. Là, tous les endroits qu'il nous plairait de visiter ne sont pas forcément praticables en fauteuil roulant. L'apparition d'un obstacle ou d'une difficulté ne va pas, en outre, pour rassurer Jacques, et il suffit que tel restaurant ne propose rien d'autre qu'un sentier caillouteux en guise d'accès pour qu'il renonce à y aller. Mais je suis plus optimiste que lui, et persiste à l'emmener un peu partout dans un rayon de quinze kilomètres autour de l'hôtel du Palais. Parmi les lieux où nous aimons nous rendre figure notamment La Plancha d'Ilbarritz. Spécialisée dans les plats de poisson, cette adresse de référence se veut sans prétention. On y déjeune les pieds dans le sable, d'une sole ou d'une fricassée de chipirons, en écoutant le bruit des vagues toutes proches. Le décor rappelle celui des maisons du bord de l'océan, avec hamac et voiles de bateau tendues au plafond. Le personnel est adorable et se montre particulièrement discret, ne rechignant jamais à installer Jacques dos à la salle, de telle façon que l'insistance de certains regards ne nous dérange pas.

Aujourd'hui, Jacques a pris l'habitude de se tenir le torse très en avant sur son fauteuil. Sa mâchoire se crispe par moments, nous laissant deviner qu'il souffre du dos. Il ne se plaint jamais et tient pardessus tout à se montrer dur au mal. Un comportement qui contraste très nettement avec les scènes capricieuses qu'il impose parfois aux infirmières, même sous un prétexte anodin, et au cours desquelles il passerait davantage pour un grand douillet.

Afin de le soulager des escarres apparues sur son corps, Leïla a investi dans de multiples accessoires pour son fauteuil. Mais rien n'y fait, et Jacques continue de souffrir en silence. En outre, un problème de santé plus sérieux que les autres nous a alertés, nous obligeant à faire pratiquer de nouveaux examens, au début du mois. Le Dr Labarthe vient nous faire part des résultats de ce dernier check-up.

Nous le retrouvons au rez-de-chaussée, tandis que le personnel du restaurant dresse déjà les tables pour le dîner. Avec l'autorisation du maître d'hôtel, nous prenons place sous les ors de La Rotonde, Leïla, le médecin et moi, devant trois couverts fraîchement posés. Je suis aux aguets.

– Alors... Autant vous dire tout de suite que les résultats ne sont pas bons. Pas bons du tout.

Je me raidis. Leïla me lance un regard inquiet, fronce les sourcils.

– Nous avons diagnostiqué un cancer. Malheureusement, il n'a pas pu être détecté à temps.

Un détail d'importance me revient en mémoire.

– Jacques avait refusé un examen capital en 2004. Est-ce que... ?

– Je sais, oui. Sans doute cela nous aurait-il aidés à faire le nécessaire plus tôt. Mais là...

– On peut le soigner, docteur ? demande Leïla.

– Vu son état, même un traitement lourd ne serait pas d'une grande utilité. Jacques n'est pas opérable. Nous ferons le maximum pour soulager sa douleur, mais nous ne pourrons pas aller bien plus loin.

– Il n'y a rien d'autre à faire ? quémandé-je à mon tour, bouleversée.

– Pas grand-chose, sinon refaire une IRM au plus vite et vérifier si d'autres métastases n'ont pas gagné de terrain. C'est gros, vous savez. Très gros.

« Gros. Très gros. » Les mots s'entrechoquent encore dans ma tête. Gros comment ? Gros comme le poing ? Gros comme une noix qui tord le ventre et se repaît de douleur au fin fond des entrailles ? Gros comme quelque chose de mortel ? Gros comme un couperet, qui peut l'emporter à tout moment ? Je trouve dingue que cette nouvelle menace pèse encore plus lourdement sur Jacques que l'épée de Damoclès de son AVC, avec laquelle nous vivons depuis six ans. Les médecins m'avaient prévenue, quelque temps plus tôt, que mon ex-mari avait « le cerveau tellement abîmé qu'il était semblable à celui d'un homme de quatre-vingt-dix-neuf ans ». Et le docteur m'annonce, maintenant, que c'est davantage un crabe, un satané crabe, qui risque de tuer Jacques. Mon réflexe est immédiat.

– On ne peut pas le lui dire !

– Nous devons le lui dire, madame !

– Non... Non, c'est impossible, renchérit Leïla. Il ne le supportera pas.

– Je vous arrête tout de suite. Il est de mon devoir de lui en parler. Mes patients sont les premiers concernés et je ne saurais passer outre à cette information, quand bien même elle risque d'être très mal accueillie.

La rébellion resurgit en moi. Je persiste.

– Vous dites que sa maladie n'est pas curable, qu'il n'y a rien, absolument rien à tenter à part laisser faire les choses. Quel intérêt y aurait-il à l'accabler davantage, docteur ?

Je pleure, je n'en finis pas de pleurer.

– Il ne se battra pas, vous savez. Il souffre depuis tant d'années, de tout ce qu'il y a de pire ! Pourquoi aller ajouter une aussi terrible nouvelle à cet amas de douleur ?

Leïla pleure elle aussi. Je trouve déjà tout cela tellement injuste... Il serait tellement inhumain de le lui dire.

– Vous allez l'achever, dis-je finalement au Dr Labarthe. C'est ce que nous lui dirons qui le tuera, pas le cancer !

J'en voulais au monde entier. À ces résultats catastrophiques, aux examens qu'on aurait dû lui faire faire, à moi, qui n'avais peut-être pas assez insisté pour que Jacques se soumette à cet examen précis, prescrit trois ans plus tôt. « Ce n'est pas une vie ! » ne cessais-je de me répéter.

Nous sommes remontés tous les trois, Leïla et moi dans un état second, et avons laissé le médecin seul à seul avec Jacques. Il est ressorti au bout de quelques minutes. Une éternité, lorsque j'y repense.

– Ça a été. Je n'ai pas trop insisté sur le mot « cancer » mais je suppose qu'il a compris. Il sait qu'il devra faire un peu de radiothérapie.

Puis nous sommes entrées à notre tour, rejointes par Juliette à qui j'avais tout juste eu le temps d'expliquer que son papa était gravement malade. En fauteuil roulant, Jacques avait rejoint les portes-fenêtres, ouvertes sur le large. Je me souviens d'une très belle lumière, mordorée, envahissant la pièce en même temps qu'un vent frais mais agréable. Il regardait au loin.

– Tu vas te soigner, lui ai-je dit. Tu verras, ça ira, je te le promets.

Leïla a pris le relais, se plaçant pile en face de lui, usant d'une voix tellement plus ferme que la mienne.

– Allez, Jacques ! Moi, des cancers, j'en ai eu deux. On m'a même enlevé un sein, alors ! On t'aidera, c'est juré. Mais n'oublie pas que tu as deux petits enfants, qui comptent sur toi.

Il n'a rien dit. Mais, comme à son habitude, il a levé les épaules et fait la moue, histoire de nous faire comprendre qu'il n'était pas dupe : « Allez, je vous crois, ça va. Je sais que ce fichu cancer m'emportera mais on fera comme si... »

Il a fixé Juliette du regard puis il s'est mis à pleurer. À chaudes larmes. Comme jamais je ne l'avais vu pleurer. Il y avait de tout dans son regard. De la peur, l'envie de nous protéger et de jouer au dur, le désir profond, peut-être, de nous encourager à tenir bon pour lui. Nous étions alors trois à le serrer fort dans nos bras, mêlant nos sanglots aux siens.

Mon chagrin est infini et le choc intense. Je redoute que mon corps ne le supporte pas. Personne ne le sait, mais je suis enceinte d'Alexandre.

*
**

À l'instar de « divorce », le mot « cancer » n'a plus jamais été prononcé. Gommé. Rayé de la carte. Disparu de la circulation. Dégagez, y a rien à voir ! Le jour même où il a appris la nouvelle, Jacques a demandé à Leïla de téléphoner au bijoutier auprès duquel il avait déjà commandé, quelques semaines plus tôt, un collier pour Juliette. Apprenant qu'elle était devenue jeune fille, il avait fait mettre au coffre une chaîne avec un pendentif représentant un cœur, une lune et une étoile. Après avoir appris sa maladie, il souhaita compléter cette parure sans tarder. « Pourquoi pas avec des boucles d'oreilles ? » avait suggéré Leïla. Jacques acquiesça et, quand il offrit son cadeau, il eut droit à un regard totalement émerveillé de sa fille.

Faute de pouvoir me gâter, il couvrait en effet Juliette de cadeaux. Cela faisait des années que je n'acceptais plus aucun présent de sa part, considérant ne plus avoir de réelle légitimité à les recevoir. Une Fête des mères fit office d'exception, un jour, à la faveur de laquelle Jacques m'offrit une montre « de la part des enfants ». Mais il m'avait déjà tellement donné, sur bien des plans, que ce geste finit par ne plus faire partie de nos habitudes, ce qui ne m'empêchait en aucun cas de venir à chaque fois avec une petite surprise – même anecdotique – pour lui.

Les vacances de février se sont achevées comme elles avaient débuté, telles que Jacques les avaient voulues. Mais, plus encore que les fois précédentes, nous avions le cœur gros de le laisser à Biarritz. Les dernières nuits n'avaient pas été des plus reposantes pour Juliette, restée traumatisée par l'annonce du cancer. Elle en fait encore aujourd'hui des cauchemars, revoyant dans ses mauvais rêves des images de son père malade et alité.

À l'approche du printemps, Jacques et ses infirmières durent déménager. Réquisitionnée par la direction de l'hôtel pour un vieux client habitué à séjourner toute la saison estivale au Palais, cette suite médicalisée – la seule disposant d'une baignoire adaptée – fut vidée de ses occupants. Je n'en suis toujours pas revenue. Jacques n'était pas le dernier, loin de là, à dépenser son argent dans cet établissement, qu'il fréquentait depuis toujours avec plusieurs membres de sa famille. Pourtant, il n'eut d'autre choix que de laisser sa place. Sa garde rapprochée et lui-même furent donc transférés dans un autre appartement, rendu plus fonctionnel qu'auparavant, mais qui ne jouissait pas de la même vue sur l'océan. Certes, il y avait cette petite terrasse donnant sur le casino, mais Jacques regrettait d'entendre d'un peu plus loin qu'avant le bruit des vagues heurtant la roche ou caressant le sable.

*
**

Leïla me dit maintenant qu'il dépérit. En bonne tête de mule, Jacques rechigne à avaler ses comprimés, obligeant les infirmières à user de mille subterfuges pour les lui faire ingurgiter. Les photos de ses proches ont retrouvé leur place sur les murs mais il les regarde à peine, sa vue n'étant plus aussi bonne qu'avant. De fait, entre autres mauvais tours, le diabète lui joue celui de lui abîmer les yeux. Aussi son regard, autrefois si vif et enveloppant, se perd-t-il désormais tout le temps derrière une paire de lunettes à verres fumés, même loin du soleil.

Jacques n'en demeure pas moins coquet, mais attend toujours ma visite pour accepter de se rendre dans le salon de coiffure de l'hôtel. Je m'arrange alors pour que Clovis prenne rendez-vous en même temps que lui, l'idée d'aller se faire beau avec son fils achevant généralement de le convaincre.

– Regarde un peu... Tu es beaucoup plus beau comme ça, non ?

Face au miroir, Jacques ne bronche pas. Et la coiffeuse de me souffler, sans la discrétion de rigueur, comme si son client n'était plus qu'un légume sourd et muet :

– C'est fou ce qu'il a changé... Ça fait bizarre, hein... Le pauvre, quand même.

Je déteste ça. Je ne veux pas qu'on ait pitié de lui. Je veux le protéger, lui faire sentir que les gens l'aiment encore. Au nom de quoi se permet-on de penser qu'il n'est plus personne ?

Pour bien des choses, Jacques reste Jacques, de fait. Et ce jusque dans l'assiette. Leïla, mieux que personne, a compris ce qui lui faisait plaisir par-dessus tout. Descendre dans la salle de restaurant, d'abord. Toujours bien habillé et bien mis pour la circonstance, il gagne chaque jour une table de La Rotonde, avec vue sur la mer. Dos aux autres clients. « Il mange si goulûment, me dit Leïla, que j'aime autant qu'il ne se sente pas observé. » Elle et Gaby déjeunent systématiquement avant, chez eux. Cathy, Lucie et Ludmila – les infirmières – se relaient, de déjeuner en déjeuner, pour lui tenir compagnie. Et chaque jour, Jacques commande la même chose. Les serveurs ne prennent même plus la peine de lui tendre la carte : ils savent. Des crevettes décortiquées, d'abord. Avec ce qu'il faut de mayonnaise pour en sublimer le goût. Puis, deux pleines assiettes de salade de tomates. Jacques y déverse jusqu'à un flacon entier de vinaigre balsamique, mais personne ne met le holà : il aime trop ça pour qu'on ait envie de le brider. Idem pour le dessert. « Je te préviens, Céline, je fais tout comme il veut, me répète Leïla. Il me réclame six ou sept boules de sorbet aux fruits rouges ? Eh bien je les lui donne ! » Les infirmières sont, pour leur part, toujours à l'affût des « fausses routes » qu'empruntent les aliments, et qui manquent fréquemment de l'étouffer. Mais même ses séances de rayons au centre d'oncologie de Bayonne ne sauraient faire office de coupe-faim : sitôt après le premier rendez-vous, Jacques a souhaité passer directement à table.

Son escorte médicale, donc, joue le jeu. Avec une spontanéité désarmante, les filles redoublent de petites attentions pour lui. Elles veulent qu'il soit content, tout simplement. Qu'il éprouve malgré tout quelque plaisir au beau milieu de l'horreur. Certaines allument des bougies parfumées dans sa chambre. D'autres enfilent de jolies robes et se coiffent avec élégance. J'ai pu remarquer cela lors de l'une de mes dernières venues. La mansuétude entourant Jacques m'a frappée, et j'ai trouvé qu'il avait de la chance de les avoir, toutes. Leïla qui fait tout ce qu'elle peut pour alléger au maximum le quotidien de son ami. Ludmila, Cathy et Lucie, qui mettent leur fatigue et leurs agacements de côté pour lui être agréables, jusqu'à l'emmener fêter l'anniversaire de l'une d'entre elles au bar de l'hôtel, de boire des mojitos bien tassés et remonter, un peu pompettes, en s'excusant platement devant lui qui n'a bu que de l'eau mais s'est amusé de les voir si guillerettes.

– Oh... On est désolées, monsieur Martin... On est vraiment désolées, pouffent-elles en regagnant l'étage.

Je n'ai pas été jalouse, en observant le ballet bienveillant qui se dansait autour de lui. Je me suis simplement dit que j'avais, en quelque sorte, perdu ma place, et que personne – finalement – n'était irremplaçable.

Sans doute est-ce d'ailleurs ce que Jacques cherche à me faire comprendre. Ou croire. Il écoute tout. Je pense même qu'il prend un réel plaisir à être spectateur – et auditeur – de ce qui l'entoure. Nous parlons beaucoup, lui se contentant de rebondir par des « oui » et des « non ». Par moments, toutefois, il dégaine une phrase bien cinglante à laquelle personne ne s'attend. Et, là, il surprend chacun de nous. Pour autant, en pareilles circonstances, j'ai du mal à savoir quelle est la part de comédie ou de vérité, et de lucidité. « Depuis son lit, il tire les ficelles », avait pour habitude de me soutenir Dominique Debeyne, son conseiller financier. « Il comprend tout ce qui se passe », insistait-il.

Mais il laisse s'enchaîner les actes de cette pièce de théâtre qui se joue sous ses yeux fatigués. Du moins est-ce à travers ce prisme qu'il préfère voir les jours défiler. Il déteste les visites, mais certaines parviennent encore à franchir le seuil de sa chambre.

À l'occasion de ses cures, Mireille Mathieu vint ainsi deux fois déjeuner avec lui. À deux, ils ont entonné leurs airs favoris, avec un entrain aussi revigorant que celui dont Jacques avait fait montre une autre fois, lorsque Leïla avait tenu à lui présenter l'abbé Hayet. Ce dernier, qui baptisa Clovis, était un fan de Luis Mariano, et il trouva en Jacques un adversaire redoutable pour rouler les « r » sur les refrains de *L'Amour est un bouquet de violettes.* Jean-Claude Brialy, qui l'avait remplacé au pied levé en 1998 au théâtre de l'Empire pour les derniers numéros du « Monde est à vous », se rendit également à Biarritz et put accéder à la chambre, le temps de quelques paroles réconfortantes. Chance que n'avait pas eue Danièle Evenou, débarquée sans prévenir avec un célèbre animateur de radio et de télévision ainsi que deux autres acolytes. Elle fit appeler la chambre de Jacques par le biais du barman et parla à Leïla en ces termes, qu'elle m'a rapportés :

– Bonjour Leïla. Je suis en bas, avec untel et untel. On peut monter voir Jacques ?

Leïla savait que, s'il y avait une personne sur terre que Jacques ne voulait pas laisser monter, c'était bien elle.

– Écoute, Danièle, je... je descends. C'est mieux comme ça.

Et Jacques, derrière, de clamer : « Je ne veux pas la voir, tu m'entends ! Qu'on me foute la paix ! »

– Je descends, Danièle. J'arrive dans deux minutes.

– Je veux voir Jacques, vraiment !

– Il est fatigué. Il est sur le point de s'endormir. Il a besoin de repos, tu sais.

– Bon. Mais on dîne là et, si jamais il se réveille, je passerai une tête. Pas longtemps, promis.

Mais, ce soir-là, Jacques dormit du sommeil du

juste et pas une tête n'apparut dans l'entrebâillement de la porte.

Il y eut d'autres visites surprises comme celle-ci. J'appris ainsi que Cécilia et ses filles avaient, un jour, appelé depuis le hall de l'hôtel du Palais et indiqué à Leïla qu'une table avait été réservée pour elles sous un faux nom au restaurant. Judith et Jeanne-Marie avaient voulu rendre visite à leur père, Jeanne-Marie souhaitant lui annoncer ses futures fiançailles. Jacques s'était fait prier, et Cécilia avait dû monter jusqu'à sa suite pour convaincre son ex-mari de bien vouloir partager ce moment avec elles trois. Jacques avait finalement accepté ce déjeuner, sans forcément prêter beaucoup d'attention aux histoires de sa progéniture, dont la vie avait tellement évolué depuis leur départ de Neuilly. Il gardait en mémoire l'époque où, logées dans un grand appartement au sein du ministère du Budget, ses filles venaient lui rendre visite... Elles arrivaient en voiture avec chauffeur et parlaient d'huissiers et de petit personnel, vaguement grisées comme on peut l'être à cet âge et en pareille circonstance. Jacques en avait été ulcéré.

À la table de La Rotonde, une réflexion fusa sur sa façon de dévorer ses tomates. « Je mange comme je veux ! » répliqua-t-il, afin de couper court à tout débat sur ce qu'il était et n'était plus.

Après leur départ, il se tourna vers Leïla et lui demanda :

– Alors ? Tu la trouves comment ?

– Cécilia ? Très belle, très classe. Et puis c'est la mère de tes enfants, tout de même.

Jacques eut un vague haussement d'épaules, avant de lâcher :

– Ouais... Enfin... Encore une qui m'a trahi.

*
**

Plus mon ventre de femme enceinte s'épanouissait, plus je devais raréfier mes visites, voulant à tout prix éviter que Jacques soit au courant de cette grossesse. Je n'étais pas à l'aise. Je cachais mes rondeurs et me cachais en même temps, gênée par une situation qui paraissait peu claire à certains. Le « détail » n'avait cependant pas échappé à David qui, apercevant mon profil rebondi un jour à l'aéroport d'Orly, se permit un « En effet... ! » tandis que je venais déposer Juliette et Clovis en partance pour Biarritz. Jusqu'à la fin mai, toutefois, je continuai d'accourir dès qu'une urgence se présentait, dissimulant mes formes sous des vêtements amples. Alertée par Leïla, j'étais capable, en moins de deux heures porte à porte, de me précipiter au chevet de Jacques.

– Appelez ma femme ! Je veux ma femme ! criait-il aux infirmières.

Reste que je pouvais difficilement compter sur les autres membres de la famille pour prendre le relais. Et, bien qu'en possession des coordonnées de tous les proches parents de Jacques, le médecin généraliste lui-même n'avait jamais d'autre réflexe que de m'appeler la première. David fut celui qui vint le plus grand nombre de fois, bien que Jacques filtrât jusqu'aux passages de ses enfants. Il les adorait, mais je compris très vite qu'ils n'incarnaient plus, depuis longtemps, un manque à son quotidien. Jacques n'avait, pour ainsi dire, jamais vécu avec eux, et ils étaient tous – très jeunes – devenus avant tout les enfants de leurs mères. Je me suis demandé, à maintes reprises, s'il n'avait pas développé un réflexe d'autoprotection vis-à-vis d'eux. Plutôt que d'être malheureux en attendant qu'ils viennent, ne préférait-il pas avancer sans eux ? Ses enfants, de leur côté, se contentaient-ils de ce qu'ils savaient de leur père, à travers la figure médiatique qu'il avait été, pour certifier qu'ils le connaissaient sur le bout des doigts ? Je l'ignore encore aujourd'hui. Toujours est-il qu'un fossé monstrueux existait entre l'affection qu'il réservait à d'autres et l'altruisme matériel ou financier dont il faisait preuve envers sa progéniture. À l'invite de Dominique Debeyne, las de démêler les imbroglios émergeant à un rythme régulier autour de sa succession, il accepta ainsi de faire à chacun de ses fils et chacune de ses filles une donation confortable. La paix revint, du moins momentanément.

À côté de cela, Jacques pouvait, c'est vrai, se révéler particulièrement odieux. Il se montrait plus que sévère avec David, critiquant parfois ses prestations professionnelles avec une dureté sans appel. Nous, sur place, avions l'habitude de ses emportements souvent injustes, dus à son état, aux médicaments qu'il absorbait, et surtout, je suppose, au fait que se voir diminué ainsi lui était intolérable.

Mais pour les autres, c'était sans doute plus déroutant.

Quoi qu'il en soit, même si jamais je ne me serais amusée à tenir la moindre comptabilité quant à la fréquence à laquelle les aînés faisaient le déplacement jusque sur la côte basque, force était de constater que leur rareté régnait en maître sur le calendrier.

– 14 –

– Tu sais, j'ai mal. Mais je suis dans mon monde. Et cela me va bien ainsi.

Jacques vient d'avoir soixante-quatorze ans. Par téléphone, je lui ai souhaité son anniversaire et envoyé quelques baisers de loin. Fatigué par les séances de rayons, soigné à la morphine, il perd peu à peu la notion du temps. Il ne saurait dire depuis quand je ne suis pas venue le voir à Biarritz. Chaque fois que je passe au comptoir d'enregistrement d'Air France avec les enfants, j'ai envie d'acheter mon propre billet. Je culpabilise, aussi, de les envoyer si jeunes à quelques centaines de kilomètres, hantée par l'idée qu'ils puissent se réveiller un jour et trouver leur père mort dans son lit. Je n'ai, en dix-sept ans de mariage, jamais manqué aucun de ses anniversaires. J'aurais tant aimé être de cette fête, organisée par Leïla. Mais ce n'est plus possible. Vêtements amples ou non, ma grossesse est désormais flagrante et, encore une fois, je refuse d'imposer cette épreuve à Jacques, dans l'état où il est.

– Diane Tell est venue chanter, figure-toi ! me dit mon amie.

– Formidable ! Jacques était content, j'imagine...

– Disons que ça lui a redonné un peu d'énergie...

– Le déjeuner s'est bien passé ?

– Très bien. Clovis a fait le pitre devant Mamichette. On a beaucoup ri !

– Il a encore dansé le rap devant tout le monde ?

– Exactement ! Enfin... « Devant tout le monde »... si on veut. Il n'y a que David qui soit venu. Élise était prise par un mariage... Bref, comme d'habitude, Mamichette a sorti son petit porte-monnaie et a donné la pièce à ton fils !

Peu de temps auparavant, j'avais reçu une très jolie lettre de Nikos Aliagas. En quelques lignes, écrites avec une extrême sensibilité, l'animateur de la « Star Academy » m'avait demandé s'il pouvait aller voir Jacques, dont il était un grand admirateur. Leïla me parle justement de sa visite, qu'elle n'avait pas encore vraiment pris le temps de me conter par le menu. Et pour cause.

– Il a été adorable mais est tombé au mauvais moment. Jacques était en pleine crise de déshydratation et j'étais à la clinique avec lui.

– Ont-ils quand même pu se voir ?

– Jacques n'était pas trop pour, tu sais comment il est avec ça... Mais je lui ai expliqué en long, en large et en travers pourquoi Nikos venait. Je lui ai affirmé qu'il avait simplement des choses très gentilles à lui dire.

– Et alors ?

– Jacques a accepté. Ils sont restés quinze-vingt minutes seul à seul. Nikos est ressorti en pleurant.

– Sais-tu ce qu'ils se sont dit ?

– Jacques, je ne sais pas. En tout cas, Nikos lui a expliqué combien il avait été un exemple pour lui qui montait désormais sur les plateaux de télévision, ceux que Jacques avait encore mieux connus. Et qu'il n'oubliait pas qu'il pouvait très bien, un jour, se retrouver au même endroit que Jacques aujourd'hui. Un lit, quoi.

Un lit, oui. Un grand rectangle molletonné, encadré de ferraille, cerné de médicaments, parfumé à l'eau de Cologne et recouvert de draps amidonnés par la blanchisserie d'un palace. Un autre univers. Une bulle luxueuse, mais tellement plus étriquée qu'une scène ou qu'un théâtre. Un monde que Jacques a fini par faire sien faute d'avoir eu, probablement pour la première fois de sa vie, le choix des armes.

Si je ne suis jamais retournée à Biarritz, Juliette et Clovis y ont séjourné tout le mois d'août. Chaperonnés par Leïla, puis par la nièce de Jacques venue en renfort, ils ont séjourné dans la suite de leur père et pris tout ce qu'il y avait encore à prendre de lui comme câlins, comme mots tendres et parfois mêmes comme rigolades. Depuis Neuilly, où s'achevait ma grossesse, j'étais mal. Mais je pressentais, aussi, que c'était peut-être là leur dernier été à tous les trois.

Aussi éprouvais-je un grand bonheur lorsque Leïla me racontait que les enfants se sentaient là-bas un peu comme chez eux. Ils adoraient, de toute façon, y aller. En mettant bout à bout toutes les grandes vacances que nous y avons passées, on peut dire que Juliette y a grandi. Elle connaissait tout le monde et tout le monde la connaissait, des cuistots au concierge, Christophe. Longtemps, elle eut l'hôtel pour ses rêves à elle toute seule, s'y aventurant en compagnie des fils du directeur. Mascotte des lieux, elle en écumait les moindres recoins, monopolisant en cachette la salle de réception où une estrade lui servait à mettre en scène ses défilés de mode imaginaires. Christophe lui avait prêté ses clés d'or et elle s'était crue reine ; les pâtissiers l'avaient laissée assister à leurs préparations et elle s'était vue mitron au féminin.

Les jours de plein soleil, Jacques descendait en fauteuil jusqu'au bord de la piscine pour regarder ses enfants nager. Entre deux brasses, l'un et l'autre venaient se coller, cheveux mouillés sentant le chlore, contre la poitrine essoufflée de leur papa, offrant à Leïla l'occasion de faire de somptueuses photos. Au bord du bassin, les rôles avaient fini par s'inverser : désormais, c'était Clovis qui décortiquait, de ses petits doigts et avec une infinie patience, les crevettes pour son père, les trempant lentement dans une mayonnaise crémeuse, après avoir pris soin de bien nouer la serviette autour du cou de Jacques, pour lui éviter de se tacher.

Même jeu de chaises musicales avec Juliette qui, de sa propre initiative, proposait invariablement à son père de l'accompagner au centre oncologique faire ses séances de rayons. Dieu, que je la trouvais admirable, à tout juste treize ans. Lui ai-je seulement déjà dit combien j'étais fière d'elle ?

*
**

Je le sais : Alexandre m'a sortie d'une prison dans laquelle je m'étais enfermée. À son contact, une mue s'est opérée naturellement en moi. Je n'étais plus la méchante, la marâtre, celle qui, aux yeux de tous les autres, orchestrait les éloignements entre un père et ses enfants. Je redevenais la femme que j'avais oublié d'être, je souriais, je me débarrassais de mon costume de fantôme. Avant de croiser le chemin d'Alexandre, je m'étais surprise à dédaigner les couples d'amoureux se tenant par la main dans la rue. « Qu'est-ce qui peut bien m'attendre dehors ? » était mon interrogation favorite. Je ne voyais rien d'autre que de la banalité, de la tristesse, et me résignais presque en me disant que j'étais bien chez moi. Ma tentation pour le bonheur était si infime que je pensais qu'il n'existerait plus. Ou en tout cas qu'il n'était pas pour moi. Mais Alexandre avait réussi à m'emmener dans un autre monde, m'ouvrant les yeux sur la vie que je tenais encore au creux de mes mains, quand bien même la mort rôdait autour de moi. « Oui, il y a de la gaieté. Oui, j'existe. Oui, je suis jeune. Oui, la vie me réserve encore un tas de projets à concrétiser. »

Jamais Alexandre ne m'aurait laissée abandonner Jacques. Allant jusqu'à pousser à la roue pour que nous allions à Biarritz le plus souvent possible, il avait compris, avec la plus sincère des spontanéités, que notre place était d'abord là-bas. Ma grossesse n'y changea rien et il me laissa, de tout temps, réserver la plupart de mes week-ends et des vacances scolaires à ce que je considérais encore comme une mission. Parallèlement à cela, il entretenait le désir profond de construire avec moi sa propre famille. Sans forcément se marier, sans forcément habiter sous le même toit que nous trois.

À l'approche du terme, l'obstétricien me proposa de choisir moi-même la date de mon accouchement. Une démarche considérée par certains médecins et quantité de futures mamans comme un geste de confort, mais qui permet surtout aux maternités d'éviter les baby-booms d'un soir. En l'occurrence, le bébé tardait à venir et il fallait déclencher sa naissance. Superstitieuse, je renonçai à opter pour le 13 septembre, lui préférant le 14. Je me ravisai au dernier moment, comprenant qu'il y avait urgence. Quel que soit le calendrier, la rentrée des classes serait passée depuis une dizaine de jours et la maisonnée aurait pris sa vitesse de croisière. La chambre d'Ary – l'ancienne petite chambre d'amis qu'Alexandre et moi avions entièrement redécorée d'une tapisserie « Peter Rabbit » de Beatrix Potter – était de toute façon prête. Je n'imaginais pas une minute que les choses se dérouleraient de façon aussi peu sereine.

Je suis entrée à la clinique Sainte-Isabelle le jeudi 13 septembre au matin. À 15 heures et des poussières, Ary poussait son premier cri et venait se blottir contre mon sein. Alexandre devenait papa pour la première fois et il goûta, comme moi, la magie de cet instant unique, au cours duquel vos yeux croisent ceux de votre nouveau-né. On dit que ce regard compte infiniment et marque, de manière indélébile, la vie de ceux qui l'ont partagé. À cet instant précis, à peine le temps d'un éclair, mille choses traversèrent mon âme. Un amour incomparable et inconditionnel, bien sûr, tout comme le sentiment que rien d'autre ne compte à part ce moment. Le souvenir du chemin parcouru depuis sept ans, aussi, tandis que je m'efforçais de rentrer en moi les douleurs passées et présentes. Un cap était franchi. Je n'étais plus à l'Abbaye des Vaux-de-Cernay, je n'étais plus à Strasbourg ni à Lagurgue ; je n'étais plus l'hôtesse du « Monde est à vous », New York était beaucoup plus loin qu'il ne l'était trois heures plus tôt, et Fregate Island s'estompait momentanément comme s'estompent des traces de pas doucement effacées par les vagues léchant les plages des Seychelles. J'étais presque une autre. Je prenais, définitivement, un nouvel envol.

Juliette et Clovis n'ont pas pu attendre bien longtemps avant de venir faire connaissance avec leur petit frère. Euphoriques dès la sortie de l'école, ils ont été les premiers à se pencher sur son berceau. En les observant ainsi attendris, j'ai réalisé que notre cercle prenait la forme d'une nouvelle famille. Image un peu naïve d'un bonheur recomposé, mais que je reçus comme une récompense après une succession d'épisodes malheureux sur lesquels je m'étais échinée à bâtir des semblants de félicité.

La chambre s'est vidée, heure après heure. Les enfants sont repartis à la maison avec Alexandre, promettant de revenir nous voir, Ary et moi, dès le lendemain. J'ai essayé de trouver le sommeil avant la nuit, mais il s'est fait désirer. J'ai rappelé Leïla, prévenue un peu plus tôt de la bonne nouvelle.

– Je n'arrive pas à dormir.

– Il faut que tu te détendes, Céline. C'est tout de même un bouleversement, que la naissance de ce beau petit garçon !

– Comment va Jacques ? Tu es chez toi ?

– Oui. Je viens tout juste de rentrer. Je suis restée plus tard que d'habitude, ce soir. Il rouspétait un peu, il n'était pas bien...

– Ah bon ? Rien de grave, j'espère ?

– Non, non. Sois sans crainte. J'ai tout calé avant de partir et, pour lui faire plaisir, je lui ai remis son DVD de *Certains l'aiment chaud*. Les filles sont avec lui. J'ai dit à Ludmila de lui passer un peu de Pavarotti si jamais il avait du mal à s'endormir.

– C'est gentil. Merci Leïla.

– Merci ? Enfin, Céline... Ary est avec toi ?

– Non, pas ce soir. Les puéricultrices le gardent avec elles à la nursery pour que je puisse me reposer un peu.

– Elles ont bien raison ! Allez, ferme les yeux, maintenant. Il faut que tu reprennes un peu de forces.

– Bonne nuit, Leïla. À demain...

– À demain, ma belle. Fais de beaux rêves.

*
**

Le son était diffus. Je n'ai pas compris tout de suite qu'il s'agissait de mon téléphone portable. Peut-être étais-je justement en train de glisser doucement vers la nuit. Puis le bruit a résonné dans ma tête, jusqu'à me réveiller. Un appel en absence de Leïla. Pas de message. 5 heures du matin. Elle a rappelé dans la minute. J'ai aussitôt décroché. Sa voix était blanche, entrecoupée de sanglots.

– Tu es la première que j'appelle... Ça y est, c'est fini...

Je me suis crue dans un cauchemar.

– C'est pas possible ! Non, c'est pas possible...

Même redoutée depuis des années, la mort de Jacques était pour moi impensable. J'avais beau écouter Leïla, l'entendre me dire que le médecin avait essayé de le ranimer, que chacun avait fait le maximum, je ne me figurais pas qu'il puisse être parti. Il devait bien encore respirer, parler, ronchonner, manger... Non ?

– C'est fini, ma chérie. On a tout tenté, je te le jure.

– Non... Non... Pas aujourd'hui, pas maintenant...

– Si, ça y est... Il faut que tu appelles ses enfants.

– Mais... mais je ne l'ai même pas revu ! Je voulais le revoir...

Ma dernière visite à Biarritz remontait à la fin mai. Pour que Jacques ne découvre pas mon gros ventre, Leïla m'avait fait attendre au restaurant de l'hôtel, à la table ronde que nous occupions chaque fois. La nappe avait joué son rôle de paravent.

Leïla a raccroché, me laissant réaliser trop peu de choses à la fois. Mais des choses tellement abyssales. Que je ne reverrais plus Jacques, que je ne pourrais plus lui parler. Un vide, soudain, s'était creusé en moi, accompagné d'une douleur forte et absolument indéfinissable. Une partie de moi s'en était allée.

Je me suis retrouvée seule dans ma chambre, le téléphone à la main. J'étais dans l'irréel le plus total. L'impalpable. Je venais d'avoir un petit garçon et Jacques venait de mourir. « Les petits pieds poussent les grands », paraît-il. J'ai aussitôt pensé à mes enfants, à la manière dont j'allais leur dire qu'ils n'avaient plus de papa. Le malaise était vertigineux. J'ai appelé David, comme je le faisais à chaque alerte, mais là c'était fini.

– Où es-tu ? m'a-t-il demandé.

– À la clinique. J'ai accouché hier d'un petit garçon.

Il n'a fait aucun commentaire ; juste entendu mes pleurs jusqu'au fin fond du Portugal, où il tournait une publicité. Son émotion, à lui, n'a pas transparu. Comme s'il était préparé. Comme s'il savait tout ce qu'il avait à faire, maintenant. Mais pas moi.

Puis j'ai joint Alexandre. Malgré ma voix étranglée, je l'ai immédiatement rassuré.

– Le bébé va bien, il va très bien. Mais c'est Jacques... Il... il est...

Il a aussitôt compris. Je lui ai dit :

– Il faut mettre Juliette et Clovis à l'école.

Accompagne-les. Je ne veux pas qu'ils sachent tout de suite. Il faut leur laisser une journée.

– Au contraire, Céline. S'ils l'apprennent à l'école, ce sera pire. Écoute, je vais attendre qu'ils se réveillent et te les amener, d'accord ?

C'était, de fait, la meilleure solution. À condition que ni radio ni télévision ne soit allumée entre-temps. J'avais cette hantise. Je voulais que ce soit moi qui le leur dise.

Trois heures. Je suis restée trois heures tétanisée sur mon lit. Mes pensées flottaient, sans pouvoir s'amarrer à quelque sujet que ce soit. J'ai senti les aiguilles tourner le plus lentement du monde, mais aussi les questions se précipiter dans mon esprit. Inutile de chercher les mots que j'aurais pour Juliette et Clovis : ce qui se passe n'est pas vrai. Il a fallu que je voie Jacques, sur l'écran de mon téléviseur, pour en prendre conscience. Déjà, l'annonce de sa disparition passait en boucle sur LCI. David avait-il été aussi discret que ce que je lui avais demandé et attendu que nous soyons tous au courant pour alerter l'Agence France-Presse ? En tout cas il prenait très au sérieux son rôle d'aîné et semblait décidé à gérer tous les aspects de ce deuil en « chef de famille ».

À la hâte, les journalistes ont ressorti des images d'archives et commencé à rendre hommage, au lever du jour, à un « géant de la télévision », un « artiste complet au parcours riche ». Des anonymes interpellés dans la rue ont salué le « grand bonhomme » qui les avait « fait rire », « l'homme du dimanche, de l'enfance », « son humour, sa gaieté ».

Jacques était partout. Avec Pierre Desproges, Pierre Bonte, Daniel Prévost, des candidats de « L'École des fans » ou sur le plateau du « Petit Rapporteur », entonnant l'hymne de *La Pêche aux moules.* Je l'entends chanter, de chaîne en chaîne. « *Il pleut sur mes lunettes/ Je n'y vois plus très bien/ Je dois avoir l'air bête/ Je ne sens plus ta main/ Il pleut sur mes lunettes/ Tu parles d'un temps de chien/ Il pleut sur mes lunettes/ Ou bien j'ai du chagrin.* » Ses amis, encore sur leur lieu de vacances, ont témoigné en direct des quatre coins de l'Europe. Stéphane Collaro d'Ibiza, Daniel Prévost de La Rochelle, Laurent Gerra de Bruxelles. Ce dernier se remémora sa première audition devant Jacques, leurs fous rires dans « Ainsi font, font, font », et l'adage de son « papa en télévision », qui lui répétait sans arrêt : « Nous sommes tous les enfants de Molière. »

Il a fallu que je le vérifie par écran interposé pour que je puisse me convaincre que tout était terminé. Il a fallu que je lise, sur le fil déroulant des chaînes d'information en continu, « L'animateur Jacques Martin est mort ce matin à Biarritz, à l'âge de soixante-quatorze ans », pour comprendre, sans pour autant l'accepter, qu'il ne serait plus jamais avec nous.

Vers 9 heures, Juliette et Clovis, suivis d'Alexandre, ont poussé la porte de ma chambre. Enjoués à l'idée de sécher l'école, persuadés qu'ils venaient simplement voir le bébé. Je m'étais mise dos à l'écran de télévision, encore allumé, et Juliette a compris immédiatement. Éclatant en sanglots, ma fille s'est jetée dans mes bras. Clovis nous a rejointes. Il se souvient encore aujourd'hui de l'instantanéité avec laquelle le message est parvenu jusqu'à lui. À aucun moment je n'ai eu besoin de prononcer un seul mot. Les larmes roulant sur mes joues ont fini par parler pour moi. Nous étions, tous les trois, en communion totale. Enveloppés de silence. Alexandre nous a laissés seuls. Combien de temps ? Je ne sais plus. Je n'avais plus la notion de rien. Je savais juste qu'il était là si jamais j'avais besoin de lui.

La nouvelle s'est répandue comme une traînée de poudre dans les couloirs de la maternité. Plus personne n'osait toquer à la porte. En fin de matinée, la directrice m'a rendu visite et aimablement proposé de nous trouver une autre chambre, avec deux petits lits d'appoint, où les enfants pourraient dormir avec moi. Jamais les médecins n'auraient accepté que je sorte et je tenais, moi la première, à rester le plus longtemps possible au calme avec mes enfants. Tout sauf me dire qu'ils étaient seuls dans leur lit, seuls dans le noir, à se demander « pourquoi papa n'est plus là ? », en proie à tous les mauvais rêves que l'on peut faire à cet âge et à toutes les questions que l'on peut se poser, sans personne pour y répondre. Je les voulais près de moi. Sous mon aile, puisqu'ils n'avaient désormais plus que celle-ci.

Très vite, j'ai dû cloisonner mon mental et y faire cohabiter les émotions soulevées par deux existences à la fois. L'ancienne se rappelait à moi à travers le décès de Jacques. La nouvelle se devait d'être heureuse. La mort, simplement, ne devait pas gâcher la vie, ni le passé abîmer le présent. En compagnie de Juliette et Clovis, je m'autorisais à pleurer, à me laisser aller. Une fois Alexandre à côté de moi, j'essayais de me reprendre, de focaliser l'attention sur Ary et les promesses de joie qu'il incarnait déjà, si petit. Pour que la joie de l'homme que j'aimais ne soit pas entamée, j'ai voulu sauver la face. Il était pourtant assez bouleversant de mêler indirectement tout le monde à cela. Venant voir le bébé, ma belle-mère et ma belle-sœur devaient à la fois me féliciter pour cette merveille et m'adresser leurs condoléances. Exactement comme le firent, bien après, les commerçants du quartier. Mais qui, après tout, aurait pu échapper au retentissement national provoqué par le décès de l'animateur le plus populaire de son époque ?

*
**

J'ai fini par me dire qu'il fallait être encore plus forte. Redoubler de courage, puiser au plus profond de moi l'énergie suffisante pour affronter ce deuil. Des obsèques, cela dit, je n'ai rien pu gérer. D'autres avaient pris les devants. Tout juste ai-je insisté auprès de David pour qu'il emmène Juliette avec lui à Lyon, où ses demi-frères et demi-sœurs, Danièle Evenou et Cécilia avaient prévu de se réunir le week-end même. Leur projet était de rencontrer le prêtre de la cathédrale Saint-Jean-Baptiste et de tisser le canevas de ce que serait la cérémonie d'adieu à Jacques. Bien plus jeune qu'eux tous, Juliette était très réticente à l'idée de participer à cette réunion de famille. Excepté l'aîné de la fratrie, et peut-être Élise, elle n'avait pas vu la plupart d'entre eux depuis plusieurs années et craignait que ces funestes retrouvailles n'attisent son chagrin. Que leur dire ? Comment savoir si tel texte plutôt que tel autre devait être lu ? Ne valait-il mieux pas rester auprès de maman et Clovis ? Elle n'en finissait plus de s'interroger. Compatissant, Alexandre est finalement intervenu.

– Il faut que tu sois là-bas pour ton papa, lui a-t-il dit. C'est très important. C'est ton histoire et celle de ta famille. Tu n'as pas le droit de ne pas y être.

J'ai considéré que son frère était encore un peu petit pour l'accompagner. Quant à moi, quelque chose me disait que j'aurais dérangé. Ne pas pouvoir me rendre là-bas était sans doute le moyen, aussi, de m'éviter les élans d'animosité qui grondaient, depuis si longtemps, à mon égard.

David est venu chercher Juliette en bas de la clinique pour l'emmener à Lyon en voiture. Cécilia, Judith et Jeanne-Marie l'ont ensuite gentiment prise en charge, et rentrèrent le soir même par le train avec elle. Je n'ai pas assailli de questions ma fille, qui s'était chargée de donner à David les médailles et autres décorations que je lui avais confiées. Le fait de ne pas avoir été moi-même sollicitée, sauf pour une photo de Jacques, me surprenait malgré tout un petit peu.

Deux jours avant l'enterrement, j'ai téléphoné à David, depuis la maison, pour lui demander des détails sur le déroulement des obsèques. Je pensais, bien évidemment, que je serais à côté de mon fils. Et c'est là qu'on me fit comprendre que j'étais reléguée au dixième rang, seuls mes enfants faisant désormais partie de la famille. Je tentai d'expliquer que ce petit garçon de sept ans, qui venait de perdre son père, ne pouvait être séparé de sa mère un jour comme celui-là. Je dis que je lui poserais la question : préfèrerait-il être au premier ou au dixième rang ? Mais je savais, d'ores et déjà, qu'il resterait près de moi le jeudi des funérailles.

Quant à ne plus faire partie de la famille, vu mon divorce, c'était quand même dur à admettre, après tant d'années de vie commune et de soins prodigués, alors que Danièle et Cécilia – séparée pour l'une, divorcée pour l'autre – étaient admises au sein du clan.

C'est alors que j'entendis ces mots :

– Toi, tu n'es pas une Martin !

Cette phrase résonne encore dans ma tête.

Au cours des dernières vingt-quatre heures précédant l'enterrement, j'ai tenté peu ou prou de mettre sur pied notre départ pour Lyon. La marraine de Clovis, Annie Schneider, s'est occupée de réserver nos billets de train à tous les quatre. Entre deux biberons pour Ary, j'ai couru avec Juliette dans une boutique de Neuilly nous acheter à chacune une petite robe noire. La mienne se devait d'être relativement ample, car je gardais encore les formes généreuses d'une jeune accouchée. Je voulais avoir l'air de quelque chose, pouvoir imaginer que Jacques me trouve jolie, de là-haut. De rue en rue, je croisais des gens qui ne savaient même plus s'ils devaient prendre l'air ravi ou désolé. Tous me disaient « on a appris, vous savez », et je devinais à leur mine – tantôt grave, tantôt joviale – s'ils faisaient référence à la naissance de mon deuxième fils ou à la disparition de Jacques.

Le jeudi matin, très tôt, Annie est venue nous chercher en voiture. Alexandre restait à Paris et me promit de s'occuper de son fils. J'avais le sentiment d'avoir jonglé sept jours d'affilée, le cœur sens dessus dessous. Encore et toujours ces deux vies qui s'entrechoquent, celle d'hier et celle d'aujourd'hui. Les nuits courtes auprès d'Ary et les vaines consolations sur le rebord du lit de Juliette et Clovis ; la présence primordiale d'Alexandre et le souvenir de Jacques ; lancer les invitations pour la Brit-Milah de notre nouveau-né et gérer les tracasseries administratives liées au décès qui nous frappait.

Durant le trajet vers Lyon en TGV, je me suis comportée comme un robot. J'ai cessé de réfléchir et tout misé sur mes espérances. J'ai prié pour que tout soit parfait, que mes enfants souffrent le moins possible et que ma peine ou mon stress ne déteignent pas sur l'humeur d'Ary. Dans le but de ne pas renvoyer aux petits l'image de femmes trop abattues, Annie et moi nous sommes employées à évoquer leur père au travers de quantité de moments joyeux partagés avec lui. Nous savions où nous allions, guidées par des rails jusqu'au cimetière ou presque, mais c'était comme si Jacques existait encore. Jusque dans nos souvenirs, il avait ce caractère immortel. Une invincibilité qui, à l'instar de celle d'autres artistes, donne l'impression qu'ils ne peuvent jamais s'éteindre complètement. Parce qu'il y a toujours une voix, un film, une photo qui surgit, ils restent présents. Quelque chose qui vit, encore un peu.

À la gare nous attendaient les fils de Michèle. La sœur de Jacques avait organisé chez elle un buffet, ouvert à tous les proches souhaitant se retrouver dans l'intimité avant la messe. J'ai appris qu'on aurait préféré que je ne fasse pas partie des invités. Mais Michèle avait répondu fermement que chacun était le bienvenu, libre de venir ou non. Aussi, tout le monde était là, sauf David et sa sœur Élise. Au pied de l'immeuble dans lequel vivait Michèle, où nous avions déjeuné maintes fois avec Jacques, était garée une voiture officielle. Cécilia, Judith et Jeanne-Marie étaient déjà arrivées. Danièle Evenou et ses fils également, qui sont venus prendre des nouvelles de mon bébé.

– On ne te jugera jamais, m'ont glissé Frédéric et Jean-Baptiste. On comprend ce que tu as fait.

J'avais beau être mal à l'aise dans cet endroit, que j'avais connu habité d'une ambiance aux antipodes de ce qu'elle était ce jour-là, les paroles des garçons m'ont rassérénée. Ils avaient saisi celle que j'avais voulu être et ce que j'avais cherché à faire en divorçant de leur père.

Michèle s'activait en cuisine, portant çà et là de quoi garnir la grande table sur laquelle chacun se servait. Les uns et les autres picoraient ; je ne pouvais rien avaler. La sœur de Jacques, qui n'avait eu que des garçons (cinq !), avait vu l'un de ses rêves se réaliser lorsque son seul et unique grand frère l'avait aidée à adopter une fille. Une petite Indienne. Incroyablement généreuse et dévouée, Michèle avait non seulement élevé ses enfants mais consacré aussi un peu de son temps à des activités d'auxiliaire pour patients en fin de vie. Aussi avait-elle une bonne connaissance de l'accompagnement des malades, ce qui l'aidait à mesurer toutes les difficultés induites par la santé de Jacques dans notre quotidien. À moi qui lui disais l'angoisse qui me tenaillait de ne pas avoir été présente jusqu'au bout, Michèle me répondit :

– Nul ne sait combien de temps encore cela aurait duré. Combien de mois, combien d'années aurait-il pu passer dans un fauteuil roulant ou dans son lit ? Sans pronostic, il était impossible de le savoir. Pour lui comme pour toi, ce n'était pas une vie.

J'ai revu Cécilia. Je la trouvais digne, forte. Moi qui l'avais si souvent considérée comme une personne très dure, voilà que je posais sur elle un tout autre regard. Sans doute parce que je la comprenais mieux qu'avant, réalisant par là même qu'une femme pouvait quitter un homme pour être heureuse avec un autre. Avant de descendre à Lyon, j'avais pris dans l'appartement un très beau portrait de son illustre arrière-grand-père, le compositeur Isaac Albéniz. Je n'ai jamais vraiment su pour quelle raison cette toile avait suivi Jacques lors de notre déménagement de l'avenue de Madrid jusqu'à la rue du Bois-de-Boulogne.

– C'est pour vous, lui ai-je dit en lui tendant ce tableau, emballé de papier kraft. Il se serait peut-être perdu dans la masse et j'ai tenu à vous le remettre en main propre.

Mon geste l'a touchée. Elle me remercia chaleureusement, mais toujours avec cette distance légendaire et aussi, je crois, une certaine forme de pudeur.

*
**

Si étrange que cela puisse paraître, les étapes de cette journée se sont enchaînées aussi vite que celles d'un mariage. Tout était chronométré. Prise dans un tourbillon, je n'ai pas eu le temps de voir quoi que ce soit, ni de me recueillir. Tout allait trop vite, tout manquait de sérénité, entre les photographes qui rôdaient et les chauffeurs à l'air impatient. Réquisitionnés en nombre avec leurs berlines noires, ceux-ci nous ont conduits en tout début d'après-midi au funérarium, où Jacques n'attendait plus, pensais-je, que notre ultime adieu.

Dans la cour ensoleillée où nous patientions, le terrain était divisé en deux parties, séparées l'une de l'autre par une tranchée de guerre froide. D'un côté se tenaient Élise, David, son ex-femme et leurs enfants. Tous me regardaient avec un air profondément dédaigneux dont je n'avais que faire : je voulais juste revoir le visage de Jacques avant qu'on ne referme le cercueil. J'ai demandé à Clovis s'il voulait lui aussi dire au revoir à son papa et il s'est mis à hurler, à pleurer. C'était horrible. Hystérique de chagrin, il était à bout de forces. Il se débattait dans la peine, croulant sous de multiples angoisses. Mais une annonce a mis fin à ce terrible spectacle. Un employé des pompes funèbres s'est avancé vers nous et m'a dit :

– C'est inutile, madame, nous avons été obligés de refermer le cercueil.

J'étais sidérée. Personne ne m'avait prévenue. Et je me demande aujourd'hui encore la vraie raison de cette décision. Elle aurait été prise, m'a-t-on dit, par crainte que le corps ne se détériore davantage. Dans un funérarium ? Quand j'ai appris, plus tard et presque officiellement, que la famille s'était demandé si elle m'autoriserait ou non à bénir ce même cercueil à l'église, je n'ai pu m'empêcher de penser que cette impossibilité pour moi de voir Jacques une dernière fois avait été programmée.

L'a-t-on au moins enfermé dans cette prison de bois avec son alliance, conformément à ce qu'il avait souhaité ? Leïla, présente le jour où son corps avait été transporté au funérarium de Biarritz, me l'a confirmé : on lui a laissé son alliance. Mais pas les photos des enfants, ni la mienne, qu'elle avait décrochées du mur de sa chambre à l'hôtel du Palais, ni la petite Vierge de Guadalupe, qu'elle avait un jour rapportée du Mexique et que Jacques laissait toujours sur sa table de nuit.

J'étais perdue. Moi la touriste, l'indésirable, l'inacceptée, l'invitée qu'il faut bien faire semblant de tolérer. Je n'arrivais pas à trouver de réconfort ailleurs que dans l'idée qu'Alexandre et Ary nous attendaient à Paris. Il me tardait de les rejoindre et de recommencer à zéro.

Au milieu des gesticulations des officiers de sécurité et de celles des différents chauffeurs, de petits groupes se sont répartis dans les limousines au moteur ronflant. Sans trop savoir comment, Clovis et moi nous sommes retrouvés séparés de Juliette et assis dans le même véhicule que Danièle Evenou. Elle paraissait particulièrement détendue. De nombreuses rues de la ville avaient été barrées et une foule immense, incommensurable, s'était massée derrière des barrières retenues par un service d'ordre démentiel. Combien de Lyonnais étaient-ils descendus de chez eux ? Combien étaient-ils à applaudir le cortège funèbre, emmené par une voiture de tête qu'occupaient Juliette, Cécilia et ses filles ? L'émotion m'a serré la gorge. La foule a applaudi, s'est inclinée, a salué le convoi d'un signe de la main.

J'ai serré Clovis contre moi, enroulant mon bras autour de sa taille. Danièle, apparemment reconnaissante pour tant d'acclamations, est allée jusqu'à baisser sa vitre pour saluer en retour ces anonymes et ces admirateurs. J'ai préféré me taire.

Étonnamment, pour la première fois cette ville m'a semblé belle. Elle qui m'avait toujours paru grise et triste, lorsque Jacques et moi venions autrefois rendre visite à Félix ou fleurir la tombe de Germaine, était devenue éblouissante. Tant d'amour s'en dégageait, soudain... Et cette admiration, que j'avais maintes fois devinée mais jamais à ce point palpée, qui me sautait à la figure... Jacques n'aurait pu rêver plus bel hommage que l'émotion soulevée chez celles et ceux qui l'avaient accompagné tout au long de sa carrière. De génération en génération.

Puis, l'enfilade de voitures a stoppé net devant la cathédrale Saint-Jean-Baptiste. Les applaudissements se sont tus brusquement. « C'était beau, hein ? » n'a pu s'empêcher de dire Danièle en se tournant vers moi.

*
**

Huit jours. Dans la religion juive, tel est le délai à ne pas dépasser pour la circoncision de son fils. Les violonistes sont arrivés chez nous à 8 heures du matin. Le mohel ainsi qu'une cinquantaine d'invités ont suivi, se réunissant autour d'un buffet, que nous avions préparé nous-mêmes, à la hâte. Habituellement, les mères sont particulièrement anxieuses un jour de Brit-Milah. Pas moi. Cette célébration ne me donnait aucunement le droit de m'inquiéter. Juste celui de me faire belle, d'ouvrir des cadeaux, d'accepter les compliments sur mon bébé, de sourire, d'être heureuse et fière de cette naissance. Je ne voulais gâcher l'allégresse de personne, et encore moins la joie soudaine de Juliette et Clovis qui, la veille encore, pleuraient sur le cercueil de leur père. Je jouais un rôle, peut-être celui de la femme forte, mais sans culpabilité. Cette fête à la maison marquait un autre commencement.

– 15 –

J'ai vécu ma vie à l'envers. J'ai fait, à dix-neuf ans, ce que j'aurais dû faire à trente-neuf. Et à trente-neuf ans, ce que j'aurais dû faire à dix-neuf. Exactement comme si les aiguilles du temps avaient, spécialement pour moi, choisi de tourner dans l'autre sens. J'ai commencé par avoir vingt ans d'avance, puis vingt ans de retard. Mais j'ai bien eu deux vies.

Les médecins ont considéré comme une chance le fait que j'aie eu le temps d'apprendre à exister sans Jacques. Tout comme nos enfants, j'ai pu mieux apprivoiser le vide laissé par son départ, notamment à travers son absence de la maison depuis plusieurs années. Autant de temps pendant lequel Juliette, Clovis et moi avons pu nous recréer un quotidien qu'il n'habitait pas physiquement et de nouvelles habitudes de vie, que nous avions perdues. Il n'y avait plus, en revanche, ce coup de fil quotidien du début de soirée, ni l'idée que nous pouvions aller le voir quand bon nous semblait.

*
**

Un mois après sa mort, son fils David a organisé une seconde cérémonie à Saint-Roch, l'église des artistes, pour toutes celles et tous ceux qui n'avaient pu faire le déplacement à Lyon. J'ai hésité à m'y rendre, mais rien ne justifiait que je ne sois pas présente. Avec Annie Schneider, nous avons pris place au cinquième rang et écouté les différents hommages qui ont été rendus à Jacques. L'orchestre de Bob Quibel était là. Tout n'était pas de bon goût mais au moins cette messe du souvenir avait-elle le mérite d'être plus personnelle que la cérémonie à laquelle nous avions assisté à Lyon.

Il y a eu, également, ces deux rendez-vous successifs chez le notaire que Cécilia avait choisi pour tous les héritiers et dont elle avait soumis le nom à chacun de nous. J'ai préféré que mes enfants soient représentés par notre propre notaire, à Jacques et à moi. Celui-ci a bien volontiers accepté, en mémoire de son ancien client. Comme tous les membres de la famille, il a eu droit, pour commencer, à une lecture un peu particulière. Parmi ses dernières volontés, Jacques avait en effet tenu à ce que soit lu à tous ses héritiers le testament qu'il avait rédigé du temps de notre mariage. Simplement pour leur montrer ce à quoi j'aurais légitimement pu prétendre en tant que veuve – et qui était considérable –, si je n'avais décidé de divorcer. De « l'abandonner », comme le disaient certains, les mêmes qui paradoxalement prétendaient que j'avais passé des années à guetter l'héritage. Si tel avait été le cas, aurais-je demandé le divorce ? Depuis l'au-delà, Jacques rétablissait la vérité et, d'une certaine manière, défendait mon honneur.

Ensuite, le notaire a annoncé à chacun ce qui lui revenait, puis les enfants se sont réparti le contenu du garde-meubles – en toute sérénité paraît-il –, ce qui n'empêcha pas quelques questions. « Et cette montre, elle est où ? – Et l'hélice, dans le bureau de papa, on en fait quoi ? »

Cette messe et cette procédure ont bien entendu ravivé la douleur de l'avoir perdu, mais je pleurais en cachette. Jamais Alexandre n'eut à me consoler. Je voulais qu'il me voie courageuse, décidée, prête à me battre. Il m'aurait crue faible alors que je cherchais son admiration. J'ai joué les femmes fortes et mis de côté mes peines, cette occultation me permettant de ne pas m'apitoyer sur mon sort et de me consacrer aux enfants. Alexandre comprenait mon deuil et parfois l'émotion pouvait poindre – discrètement, au coin de mes yeux – lorsque nous parlions de Juliette et Clovis, mais je ne voulais surtout pas parasiter son bonheur d'être père. Je me laissais donc aller au chagrin une fois seule, la plupart du temps en voiture, lorsque resurgissaient certains souvenirs de moments passés ou que le hasard des trajets me faisait me retrouver sur le chemin de la maison de repos où Jacques avait séjourné.

*
**

Personne ne se l'est jamais dit mais je sais que nous l'avons tous ressenti : l'arrivée d'Ary dans nos vies a indéniablement fait diversion. L'attention de Juliette et Clovis s'est aussitôt portée sur leur petit frère et m'en occuper m'a permis d'avancer dans la reconstruction de notre équilibre. Maintes fois, c'est vrai, nous sommes passés du rire aux larmes. Rire de voir ce bébé babiller de plus en plus fort ; larmes lorsqu'un coup de cafard venait frapper à la porte de nos cœurs. Voyant dans sa présence comme un paravent à la tristesse, nous parlions de lui trois fois plus que de raison, d'abord et tout à fait inconsciemment pour ne pas parler du reste. Il ne s'agissait pas de se servir de lui pour oublier l'absent ; simplement, Juliette et Clovis éprouvaient le besoin de reporter beaucoup de leur affection sur ce nouvel arrivant. Sans lui, sans Alexandre, peut-être aurions-nous davantage regardé en arrière.

Petit à petit, j'ai changé certaines choses à la maison. Des moquettes, des peintures, l'aménagement de la salle à manger près du jardin d'hiver. L'ancien bureau de Jacques s'est transformé en salon de lecture et de jeux, mais les enfants ont encore du mal à s'approprier cette pièce. La collection de livres de Jules Verne occupe une partie de la bibliothèque et quelques jouets ou bandes dessinées y traînent parfois. Juliette et Clovis préfèrent passer du temps dans leurs chambres. Sur la porte de chacune d'elles, j'ai bien évidemment laissé les petites plaques en laiton, où sont inscrits leurs prénoms, que leur père avait fait faire après leur naissance. La chambre de Clovis comporte encore tous les cadeaux que Jacques lui avait offerts : des tables de nuit en forme de tambour bleu, un mobile de bois, une maquette de bateau, deux petits chevaux de paille et un dessin original de Tom & Jerry dédicacé par l'auteur. Le piano acheté pour Juliette ne sert plus, mais cela reviendra sans doute, à l'heure de concrétiser l'un des rêves de son père : faire de l'un de ses enfants, au moins, un mélomane averti. De toute façon, Jacques demeure avec eux dans cette maison. C'est leur maison, celle de leur papa.

Pour cette raison, nous ne sommes jamais partis. Aucun déménagement ne s'est imposé à nous. Au fond de moi, vendre cet endroit reviendrait à enterrer Jacques une seconde fois et à effacer tous les souvenirs qu'il nous a laissés. J'en serais incapable. Régulièrement, je me pose la question de savoir si changer d'horizon n'entérinerait pas définitivement notre nouveau départ. Mais je trouve aussi peu de raisons à partir qu'il n'y en a à faire une croix sur le passé.

Dès le début, Alexandre et moi avons fait le choix de ne pas habiter ensemble. Chaque jour commence sans que nous sachions si nous nous rejoindrons le soir ou non. Nous continuons de nous donner rendez-vous, de laisser place à l'improvisation. Chacun agrémente son indépendance comme bon lui semble. La mienne me permet d'être moins passive que je ne le fus avec Jacques, de prendre en main toutes les contingences d'une vie de famille. Alexandre, lui, se targue d'être propriétaire à quarante ans et de n'avoir besoin de personne, ce qui n'entame en rien l'amour qu'il nous porte. Ainsi le lieu de nos week-ends se résume-t-il parfois à l'arrondissement dans lequel il vit, où les enfants et moi posons nos valises pour quarante-huit heures et goûtons à ce dépaysement quelque peu décalé. Alexandre refuse que je sois la femme qui repasse les chemises, celle qui ne peut se carapater nulle part à la moindre dispute. Moi, je n'attends pas qu'il investisse mon dressing ou ma salle de bains. Il a déjà eu un mal fou à poser sa brosse à dents près du lavabo ; il ne laisse aujourd'hui dans mes placards qu'un minimum de vêtements et se change toujours une fois chez lui.

À aucun moment il n'a été question de mariage et c'est très bien ainsi. J'aurais trop peur de l'enfermer dans un couple ou d'étouffer à petit feu tout ce qu'il est. Il a été ma force du jour où je l'ai rencontré : pour rien au monde je ne voudrais le perdre.

Pourtant, ma tendance à veiller encore plus qu'avant sur ce qui est précieux – l'amour, les enfants, le respect – me fait craindre le pire. J'aimerais pouvoir me dire que le bonheur existe de façon inconditionnelle, mais je ne peux m'empêcher de l'imaginer fragile et posé sur un fil. Dois-je encore m'autoriser à m'attacher s'il me faut, un jour, voir s'effondrer le bonheur ? Sans m'en rendre compte, j'ai développé une méfiance à l'égard des belles choses. Peuvent-elles durer vraiment ? Comment ? Est-ce que tout est gagné ou faut-il reconquérir sans cesse et mériter ce que la vie nous donne ? Après avoir vécu avec un homme dont je savais qu'il était condamné, je vis avec la crainte de ne pas pouvoir garder l'amour de l'autre. Je n'ai pas cette innocence de croire que la vie va d'elle-même, la seule chose que j'aie pu sauver jusqu'à présent étant mes enfants. Il suffit qu'Alexandre traverse Paris à moto – celle-là même sur laquelle il me fit monter le jour où il l'acheta en me promettant de me « faire vivre les dix-huit ans que j'aurais dû avoir » – pour que je redoute un accident, petit ou grand. Juliette aussi a conservé cette angoisse de la mort, qui lui fait avoir peur de tout : d'une chute à skis, des dommages causés par le soleil ou la cigarette, des catastrophes en tout genre. C'est une chose étrange chez une si jeune fille.

Mais ce que j'appellerais le « passage de relais » entre nos deux existences s'est déroulé avec moins d'accrocs que je ne le craignais. Jacques détestait les psys, qu'il qualifiait de « dingues » et de « charlatans », et j'avoue ne pas avoir insisté beaucoup pour que Juliette et Clovis aillent s'épancher sur un divan. J'ai tenu à ce qu'ils vivent leur deuil à leur façon et à leur rythme, en étant toujours présente pour essuyer leurs larmes ou les prendre dans mes bras. Il fallait qu'ils en passent par là, sans qu'obligatoirement j'y voie une quelconque pathologie. La famille que nous reconstruisions était leur thérapie et j'ai découvert, au fil du temps, qu'ils n'avaient pas, comme moi, les mêmes sous-titres du drame qui venait de nous frapper. Ainsi pour Clovis n'y a-t-il aucun point commun entre son père et cet homme boitant dans la rue, avec une canne, que nous avons croisé un jour. « Ça ne te rappelle rien ? » lui ai-je demandé. « Non. Il ne boitait pas, papa. » Ses yeux d'enfant ont apprivoisé l'image du père autrement.

Avant la mort de Jacques, Juliette avait traversé une période difficile dans sa relation à Alexandre. Bien que toute à la joie de me voir de nouveau épanouie, elle ne se sentait pas le droit de trahir son père en étant heureuse avec nous. Après la disparition de son père, elle a finalement baissé la garde, et ce sont avant tout les affres de l'adolescence qui m'ont conduite, un jour, à prendre rendez-vous dans un centre spécialisé. Nous nous sommes alors retrouvées, toutes les deux, dans le bureau sans âme d'une assistante sociale à qui j'ai raconté la saga familiale, ses rebondissements, la maladie de Jacques et son irrémédiable conséquence. Juliette a à peine ouvert la bouche, me regardant avec de ces yeux...

– Maman, tu es bien certaine que c'est moi qui ai besoin d'un psy ? m'a-t-elle dit en sortant.

À l'approche du second rendez-vous, fixé deux mois plus tard, je n'ai rien dit. Le jour J, j'ai laissé passer l'heure. Le soir, Juliette a brisé la glace.

– Tu savais qu'il y avait le deuxième rendez-vous aujourd'hui ?

– Bien sûr. Mais je l'ai annulé.

– Tu as bien fait. Je n'y serais pas allée. Pas besoin.

Un temps, son frère et elle ont émis le souhait que je trouve un métier, une occupation. Comme celle de leurs copains et copines, ils voulaient « une maman qui travaille ». Ils ignoraient que j'avais, par le passé, plusieurs fois essayé de reprendre une activité professionnelle. Mais Jacques, je le rappelle, s'y était fermement opposé. Il suffisait que je lui soumette un projet de vie active pour qu'il le réduise à néant. C'était sa manière à lui de me garder près de lui. L'une de mes amies m'avait notamment offert l'opportunité de collaborer avec elle dans l'immobilier.

– Utiliser mon nom pour vendre des appartements ? s'était étonné Jacques. Mais tu n'y penses pas ! Te rends-tu compte que les gens ne chercheront rien d'autre qu'à se payer la « femme de » pour un après-midi de visites ?

Aujourd'hui, cette société est la plus prestigieuse et la plus grande agence immobilière de Neuilly.

Mais j'aurais pu faire mille autres choses : prêter ma voix à des doublages, écrire des livres pour enfants, tenir un hôtel ou étudier la gemmologie. « Des trucs de bourgeoise ! » disait Jacques, débattant du sujet trois jours et trois nuits d'affilée, avant d'entrer dans une crise de paranoïa totale.

– Je t'interdis d'aller à Drouot ! Tu veux vendre tes bijoux, c'est ça ? Mais enfin, il suffira que tu les montres aux acheteurs pour qu'on veuille te les voler !

Bref : je n'étais pas raisonnable.

Pour autant, après sa mort, je n'ai pas renoncé. J'ai essayé. J'ai fait les visites que Jacques voyait d'un si mauvais œil. Je suis allée au contact des autres. J'ai voulu me prouver que je pouvais me réaliser ailleurs que dans mon rôle de mère de famille. J'ai essayé, oui, mais je n'ai pas continué. Je ne voyais plus les enfants et eux avaient trop besoin de moi.

Le challenge que je voulais relever ne me donnait pas le droit de les abandonner. Certains pourraient d'ailleurs y déceler la même démarche sacrificielle que celle que j'ai adoptée du jour où Jacques est tombé malade. Tout faire pour l'autre – ou pour les autres – et se mettre de côté en attendant son tour. Je ne rougis pas de cette redite dans mon existence. Pas plus que je ne rejette l'idée du parcours initiatique dans lequel s'est inscrite ma relation avec Alexandre. Car lui aussi m'apprend beaucoup. Il m'incite à devenir celle que je n'ai pas eu le temps de faire respirer. Il me fait comprendre qu'un couple ne repose pas sur la reconnaissance. Il me responsabilise, me pousse à aller toujours plus haut, à me faire violence pour arriver à mes fins. Il attend de moi que je m'intéresse à tout, du téléchargement de musique à la finance. Des exigences qui ne répondent en aucun cas à un formatage idéalisé, mais qui me font réellement exister. Je redécouvre avec lui, également, la notion de certaines réalités, qui peut-être me correspondent davantage, le plaisir simple d'un sandwich au comptoir d'un bistrot n'ayant jamais pris autant sa signification que depuis que je fuis les restaurants trois étoiles.

*
**

Au cimetière de la Guillotière, sur la tombe de Jacques, je trouve rarement des fleurs. On l'aperçoit, bébé dans les bras de sa mère, sur la photo en noir et blanc décorant le caveau. Mais le médaillon est si petit que l'on distingue à peine son visage.

Un jour, j'y ajouterai son portrait et ferai poser une plaque de la part de Juliette et Clovis. « À notre papa », tout simplement.

La première fois que nous sommes allés nous recueillir près de lui, j'ai reproduit avec eux exactement le rituel que Jacques et moi observions à chaque Toussaint, en mémoire de sa mère. Chez le même fleuriste, j'ai acheté ce qu'il fallait de fleurs jaune et orange. Juliette avait son bouquet ; Clovis, le sien. À mains nues, nous avons patiemment nettoyé le marbre recouvrant le caveau, retiré les feuilles mortes que le vent avait poussées jusqu'aux abords de la pierre et arraché les mauvaises herbes s'incrustant tout autour. Je me rappelle avoir versé beaucoup de larmes en marchant jusqu'à cette sépulture, empruntant pour la première fois depuis cinq mois le même chemin où nous avions avancé en pleurant tous les trois, le 20 septembre 2007. J'ai repensé à l'enterrement, à tous ces gens dont je ne savais plus très bien pour quelle raison précise ils étaient là, à la place que je tenais au beau milieu d'eux tous et à celle qu'on m'avait refusée, à ces soi-disant amis qui, pas une seule fois, n'ont pris de nos nouvelles. Accompagné par la sœur de Jacques, Alexandre nous a attendus en ville. Fidèle à la tradition juive, il m'a demandé de me laver les mains en sortant du cimetière et de m'offrir un cadeau, même petit, sur le chemin du retour, pour conjurer le sort. Je me souviens d'avoir acheté un livre. Nous sommes retournés au cimetière le 1er novembre 2008. Je suppose qu'il en sera ainsi chaque année.

*
**

Elles doivent être au nombre de quatre. Peut-être plus. Toutes n'ont pas la même taille, ni la même couleur, mais je les ouvre parfois. Boîte après boîte, je me replonge dans cet univers au parfum d'antan. Il y a de tout, dedans. Mais surtout des photos. De vieilles images, cornées pour certaines, qui retracent dans le plus parfait désordre la carrière de Jacques. Collées les unes aux autres, elles font parfois cohabiter en un seul et même paquet deux époques qui n'ont rien à voir l'une avec l'autre. Jacques et la bande du « Petit Rapporteur » déguisés en gendarmes pour une descente de potaches chez Maxim's, et Jacques sur la scène d'un gala d'opérette. Sur bien des clichés, il apparaît la cigarette aux lèvres, et la simple vue de cette image suffit à me rappeler l'odeur du tabac qui flottait avenue de Madrid. Jacques était du genre à allumer quatre cigarettes d'un coup et à les disséminer dans quatre endroits de la maison.

Rien n'est trié. Toutes ces photos sont en vrac. Je ne figure sur aucune d'entre elles ; uniquement sur des coupures de presse, sur lesquelles Clovis croit voir « une autre femme » que moi. Mais les passions, elles, défilent les unes après les autres en argentique, à la façon de celles d'un grand voyageur. Je vois Jacques avec Claude François, sur une tournée en province. Avec Rostropovitch et Pavarotti, fier, entouré de ses idoles. En animateur éhonté de croisières populaires, accompagné de Jean Yanne et de Stéphane Collaro. Dans le studio de RTL ou dans les loges du théâtre de l'Empire. En cuisine, tablier noué et sourire gourmand.

Jacques avait mille visages et aurait aimé avoir mille vies. Le temps de faire comprendre à ceux qui l'admiraient qu'il n'était pas seulement celui que l'on croyait. Le temps de mieux montrer, sans doute, à ceux qui comptaient pour lui combien il pouvait encore les aimer. De là où il est, peut-être se gausse-t-il des quelques actes et autres scènes qui continuent de se jouer sous son nez. Jacques, en tout cas, a bien fait les choses. Dans la plus grande des boîtes, il a laissé des liasses entières de « billets pour le paradis » rapportées de Bangkok. La légende thaïe dit que plus on en a, plus le passage de l'autre côté est doux. Mais lui n'en a pas eu besoin. Ni pour acheter sa mort, ni pour rejoindre le paradis.

Direction littéraire :
Huguette Maure
assistée de
Estelle Flory